とりあえず伝説の勇者の伝説③

暴力のファーストコンタクト

深夜、思いつめたような表情で、橋の手すりの上に立つ少女。
それを見たライナは悩んだすえに……

目の前に立つ女は、ライナたちを見て……
「そう。あなたたちは、選ばれた天才なの」
そう、言った。

とりあえず伝説の勇者の伝説③

暴力のファーストコンタクト

974

鏡　貴也

富士見ファンタジア文庫

111-15

口絵・本文イラスト　とよた瑣織

目　次

でんじゃらす・ないと

（…………く、苦しい……）

ライナ・リュートはあまりの息苦《いきぐる》しさに、心の中でそううめいた。

いまいち整《ととの》っていない黒髪《くろかみ》に、やる気なく緩《ゆる》んだ瞳《ひとみ》。怠惰《たいだ》な猫背気味《ねこぜぎみ》の長身痩軀《そうく》がいまは、真《ま》っ青《さお》な世界をどんどんと沈《しず》んでいた。

空気のまったくない世界。

沈んでいけばいくほど、暗く、深く、闇《やみ》が広がっている。

そこは、水の中だった。

通常ならそんな状況《じょうきょう》におかれれば、慌《あわ》てふためいて取り乱すのだろうが……

ライナはゆっくりと腕組《うでぐ》みをして、

（う〜む。そろそろ息はもたないなぁ……まいったな……死ぬか？　これ……しかし、なんで俺《おれ》はこんなところにいるんだっけ？）

心の中でも怠惰そうな声音《こわね》でそんなことを呟《つぶや》いて、自分が嵐《あらし》の中沈んだ船にいたことを思い出した。そしてそれにあっさり、

（ああ……嵐だもんな。そりゃ、苦しいに決まってるか……）

そういう問題でもないと思うが。

そんなこんなでぼーっと海の中を揺《ゆ》らめいていると、そのとき突然《とつぜん》、周囲に鋭《するど》く巨大《きょだい》な、針《はり》のようなものが大量に現《あらわ》れ……

それが襲《おそ》いかかってきて……

（はぁ⁉ って、なんだ？ なんで海にこんな針が⁉）

心中で叫《さけ》んで、とりあえずあわてて水をかいてそれをよけようとする。しかし、さすがに水の中ではいつもの動きができるわけもなく――

眼前《がんぜん》に針が迫《せま》ってきて……

（やばい⁉ まじで、し、死ぬ⁉）

瞬間《しゅんかん》。

ライナの喉《のど》をその針が貫《つらぬ》いて、赤い鮮血《せんけつ》が……

「ぎゃあああああああ⁉」

ライナの悲鳴《ひめい》があがった。

一気に身を起こしかけて、

「って……」

喉にかすかな痛《いた》みを感じてとどまる……

　すると、

「ん。やっと目を覚ましたか。しかしこんな深夜に叫び声をあげるとは、迷惑《めいわく》このうえないなおまえは。それともいつもの、毎夜毎夜野獣《やじゅう》に変貌《へんぼう》して婦女子に襲いかかるという例の持病か？」

「…………」

　そんなことを目の前の、異常なほど無表情な女が言ってきた。まったく愛想《あいそう》のない……しかし、信じられないほど美しい女が。

　艶《つや》やかな長い金髪《きんぱつ》に切れ長の青い瞳。整った華奢《きゃしゃ》な肢体《したい》はいま、ライナが横たわっているベッドに腰掛《こしか》けており、なぜか長剣《ちょうけん》の切っ先をライナの首筋《くびすじ》に突《つ》きつけてきている……

　そんな、もう見なれた光景をライナは半眼で見つめて……

「…………はぁ」

　ため息をついた。

「なんか、なんでいまあんな夢見たのか、わかった気がするよ……」

「うむ。私がそばにいたからな。清らかな天使の現れる、さぞかし幸《しあわ》せな夢だったろう」

「……いや……どっちかってーと地獄《じごく》に近い夢だったような気がするんだけど……水攻《ぜ》めだったり……針に襲われたり……」

「ん。日頃《ひごろ》の悪行《あくぎょう》のせいだな」

「ってか、てめぇが剣突きつけてるせいに決まってんだろうが!!」

「ふふ。あと少し勢《いきお》いよく起き上がっていればズブリと……」

「殺すんじゃねぇよ!」

そんなやはりいつもどおりな会話を交《か》わす二人がいまいる場所は、イエット共和国の港《みなと》街《まち》トイルーレから少し離《はな》れた場所にある、わりと大きめな宿屋だった。彼らはここにくる途中《とちゅう》、嵐に遭《あ》ったりして海の藻屑《もくず》となりかけながらも……持ち前のしぶとさでなんとかイエットにたどりついていたのだった。

そんなこんなでさすがに疲《つか》れ果《は》てた二人は、宿を取り、夕食を食べてすぐに寝込《ねこ》んだのだが……ライナは目の前にいる女剣士に、

「ってかさ、もう頼《たの》むから俺の安眠《あんみん》を邪魔《じゃま》しないでくれないか? けっこう疲れてんだよね俺」

「ん。私とておまえのような、女と見れば見境《みさかい》なく襲いかかる色情狂《しきじょうきょう》がいる危険《きけん》な部屋《へや》へは、できればきたくないのだが……」

「じゃあくるなよ………あ、ちなみに、もうどうせ聞いてくんないのは知ってるけど訂《てい》正《せい》しとくと、俺はンな変態行為《へんたいこうい》は一度もしたことないけどな……」

しかしライナの言葉どおり、むなしい突っ込みは当然のように無視されて、

「その上私もいまは疲労《ひろう》の極《きわ》みにあるからな。おまえの野獣パワーにかよわい私は圧倒《あっとう》されて……」

それ以上は恐《おそ》ろしくて言えないとばかりに首を振《ふ》るフェリス。そのまま、

「さすがに嵐の中をサメどもを斬《き》り裂《さ》いて進むのはきつかった」

「……俺としてはサメに同情したいほうに一票《いっぴょう》だな……ってか、ンなことはどうでもいいんだよ。で、なんでおまえはそのサメよりも危険な俺の部屋にこんな夜中にきたんだ？」

するとフェリスは剣を腰に収《おさ》め、怪訝《けげん》な表情になって言った。

「おまえこそ、さっきまでの気配《けはい》にまるで気づかなかったのか？」

「ああ？　なんの話だよ？」

「私の部屋におまえの仲間《なかま》どもが現れた」

「は？　仲間？　なんだそりゃ？」

「うむ。野獣だ。欲望《よくぼう》をさらけだした男総勢《そうぜい》二十人が、私の私物と、私に襲いかかってきた。いくら疲れていたとはいえ、おまえがそれに気づいてなかったわけがないだろう？」

しかしその言葉に、ライナは相変《あいか》わらずの眠《ねむ》そうな目のまま、ぽんっと手を打って、

「ああ。強盗《ごうとう》のことか。そりゃあんだけ騒《さわ》がしくやってりゃ気づくよ。だけど俺が襲われ

てるわけじゃないし別にどうでも……」

瞬間、銀光がひらめき、

「あう……ご、ごめん、俺が悪かった……でも、おまえなら強盗なんてなんでもないだろう？」

それにフェリスは、ライナに剣を突きつけたまま、

「おまえはこの、可憐《かれん》かつかよわい美少女を、なんだと思ってるのだ？」

するとライナは首筋をいまにも切り裂きそうな切っ先を半眼で見据《みす》えて、

「……強盗に同情したいほうに一票……」

げんなりしながら言ったのだった……

それはともかく、フェリスに脅《おど》されながらしぶしぶと彼女の部屋へいくと、そこには予想どおり……地獄絵図が広がっていた。

憐《あわ》れな強盗たちが二十人、フェリスにたたきのめされ、床《ゆか》に転《ころ》がるもの、壁《かべ》に頭から突っ込んでるもの、窓《まど》を突き破って必死に落ちないようにぶらさがってるもの……

なぜか宿に入るときに受付をしていた男や、この宿の主人も床に転がっているような気がしたが……まあ、どうでもいいのでとりあえずそれは無視して……

ライナは自称《じしょう》かよわい美少女に向かって言った。

「んで、これを見せて俺になにを言いたいんだ？」

「ん。部屋が汚《よご》れたから部屋をかわれ」

「……はぁ？　なんで俺がおまえと部屋かわってやんなきゃいけなんだよ！　おまえぶっ殺……………殺される前にかわりますですはい……ごめんなさい……」

と、フェリスは再び、いつの間にか抜《ぬ》き放っていた長剣を腰に収めながらうなずいて、

「うむ。おまえならそう言ってくれると思っていた。なにせ深夜に美女の寝込みを襲うようなおまえの仲間がここに勢ぞろいしているんだからな」

「……いつか絶対殺す……」

そんな会話を二人がしていると、床に転がっていた男の一人が、恨《うら》めしげな目をライナたちに向けて、

「て、てめぇら、そんななめた口きいてられるのもいまのうちだけだぞ……へへ、なんせこの宿は、大盗賊《だいとうぞく》、コーク・クロークが率《ひき》いる盗賊団の盗人《ぬすっと》宿なんだからな。おまけに今日は、ルーナにでかい仕事をしにいっていた頭《かしら》が帰ってくる日なんだ。普通ならそんな日に宿の客はとらないんだが……運が悪かったなおまえら。そこの女がとんでもねぇ美人だから、とっつかまえて頭に貢《みつ》ごうって寸法《すんぽう》よ。へへへ。さあ、もうこれで抵抗《ていこう》しても無駄《むだ》

だとわかったら、あきらめておとなしく俺たちの言うことを聞きやがれ」

なんてことを、床に無様《ぶざま》に倒《たお》れ伏《ふ》したままの姿《すがた》で言ってくる。

しかしライナは、それをまったく無視した態度《たいど》で、

「ってか、おまえいまこの宿は頭が帰ってくる日は客を取らないって言ったよな？　ってことは他の部屋は空《あ》いてんのか？　んじゃさっさと別の部屋用意してくれよ」

その突然《とつぜん》の言葉に男はうろたえて、

「え？　あ、はい、かしこまりまし…………って、ちげぇだろうが!!　おまえ、俺の話聞いてたか？　もうすぐ頭が率いる本隊が帰ってくんだよ！　俺たちなんかより全然強いんだよ！　なんせ、暗殺を請《う》け負《お》う奴《やつ》らだっているし……おまけに強いものだけが上に立つってのが規律《きりつ》の、イエットきっての武闘派《ぶとうは》集団だからな。へへへ。俺らをこんなふうにしちまって、おまえらもう終わりだよ……おまえらが救《すく》われる道はもう残ってないわけだ。くくくく。逃《に》げようとしてももう無駄だぜ。どこまでも追いかけていってやる」

と、自信満々に言う受付の男。

どうも、状況はかなり悪いようだった。

がしかし、ライナはやっぱり脱力《だつりょく》した、眠そうな様子《ようす》で適当《てきとう》に相槌《あいづち》をうって、

「ああはいはい。そりゃすごいね。大変だね。だが俺はちょっといま眠いから、とりあえ

ずそれは置いといて部屋に案内しろって」

「いやだからてめぇ俺の言うことを……」

が、さらに今度はフェリスが、

「では私はさきに部屋に戻《もど》って寝るぞ。もう、あまりの眠さに思わず人の首を間違っては
ね飛ばしそ……」

「って、うお……わ、わかったから、ンな危険なこと言ってないでさっさと寝ろ。んでそ
のまま永遠に起きてくんな！」

なんて会話を、いつ盗賊団の本隊が帰ってくるかわからないような状況で平然と話す二
人。それに受付の男が唖然《あぜん》として、

「お、おまえらほんとにいまがどういう状況かわかって……」

が、その言葉が終わる前にライナが言った。

「おい、早く部屋の用意をしてくれって」

「あう……は、はい。ただちに」

そうして受付の男は、しくしくと泣《な》きながら、部屋を飛び出していったのだった。

一方、時間は少し戻って昼下がり。

イエットの港町トイルーレに一隻《せき》の商船が寄港《きこう》した。

途端《とたん》に活気に満ちる港町。ここしばらく、海にたちの悪い海賊《かいぞく》が出ていて船の往来がなかったのだが……その海賊船が沈没《ちんぼつ》したとかで、やっと船の往来が再開されたのだった。

そんな船から、

「やっとついたね!!」

いきおいよくミルク・カラードは駆《か》け降《お》りてきた。亜麻色《あまいろ》のポニーテールに愛らしい童顔《どうがん》。まだ幼《おさな》さの残る元気一杯《いっぱい》のこの少女は、しかし、弱冠《じゃっかん》十六歳にして、ローランド帝国《ていこく》『忌破《いみやぶ》り』追撃部隊長《ついげきぶたいちょう》の役職《やくしょく》にあったりする。

そんなわけで、彼女に付き従《したが》う四人の部下たちが、

「あ、あんまり走ったら転びますよミルク隊長！　気をつけてください！」

部隊では最年長——といってもまだ二十五歳だが——のルークが言ってくる。

続いて、ミルクよりは少し年上というくらいの少年二人が、

「いくぞラッハ！　ミルク隊長が転ばないように守るんだ！」

「そんなこと言って、ほんとはムーが一番はしゃいでんだろ。船とか室内だとか、狭《せま》いとこおまえ嫌《きら》いだもんなぁ」

と言いながらも、ラッハも二日間の船旅でなまった体を一度大きく伸《の》ばして、ルークの

ほうを振りかえり、

「じゃあ、ちょっと二人が怪我《けが》しないように見張《みは》ってきますルーク先輩《せんぱい》」

するとルークはまるでほほえましいものでも見るかのようにうなずき、

「うん。頼《たの》んだよ」

「はい」

ラッハもミルクとムーを追って駆け出していく。

それを眺《なが》めながら、ルークはため息をついて言った。

「しかし、あのライナとかいう『忌破り《いみやぶ》』を追って、ついにこんな辺境《へんきょう》の国まできちゃったな〜……イエットと言えば、山と海に囲まれ、その情勢《じょうせい》がほとんど謎《なぞ》に包《つつ》まれてる国じゃないか」

するとそれに、さっきの二人の少年とは対照的《たいしょうてき》にクールな様子のリーレが、

「そうですね。なんでもこの国はかつて、各国の犯罪者《はんざいしゃ》たちが集まって建国されたとか言われていて、犯罪が非常に多いらしいです」

「むぅ。まいったな。そんな国にきて、ミルク隊長がグレたらどうする」

「いえ、ミルク隊長に限《かぎ》って……」

「うん。まあ、うちの隊長に限って、そんな非行に走るようなことはないだろうけど……

それでも、こんな教育上悪い国からは早く出ないとな……」

そんな会話を交わす、ミルクの保護者《ほごしゃ》——もとい、部下たち……

と、そのときだった。

「あ〜！　ちょっとあなた！　いま私見たよ！　人のお財布《さいふ》は取っちゃだめなんだから！

ね、そうだよねラッハ、ムー」

「はい隊長。あきらかにこいつはいまスリ行為《こうい》をしましたね。現行犯です」

「さっすがミルク隊長！　お手柄《てがら》です」

「えへへ♪」

なんて声が港のほうから上がったあと、

「な、なんだてめぇらは！　俺らに文句《もんく》つけるつもりか？　いい度胸《どきょう》じゃねぇか」

その声にルークとリーレは顔を見合わせて、

「ほらな、やっぱり治安《ちあん》の悪い国は、ミルク隊長には向いてないんだよ。隊長はいい子だから……」

「しかし、まずいですね。この国では、ほとんどの問題に警察《けいさつ》や保安部隊といった組織《そしき》が介入《かいにゅう》してこないと聞いています。もし相手が大きな犯罪グループの一員だったりすると」

「隊長が危《あぶ》ない!?」

言って、二人は駆け出していったのだった。

一方ミルクたちははやくも、いつのまにやらぞろぞろと集まってきた目つきの悪い男たち……十数人もの男たちに囲まれていた……その数はさらにどんどんと増《ふ》えていく。どうやら、ミルクたちが乗っていた船に彼らも乗っていたようだ。男の一人が言った。

「お嬢《じょう》ちゃん、いまどきイエットで俺らに絡《から》んでくるとは、もしかして新参者《しんざんもの》かい？　俺らが財布すったくらいでいちゃもんつけてくるたぁいい度胸じゃねぇか」

それに対してミルクはなにを勘違《かんちが》いしたのか、

「え？　いい度胸？　誉《ほ》められてるの？」

それにムーがうなずいて、

「さっすがミルク隊長！　どんなところへいっても、好かれますね！」

それに当然、男たちは、

「んなわけねぇだろうが！　てめえら俺たちを馬鹿《ばか》にしてんのか!?」

「え？　え？　え？」

と、とまどうミルクをかばうようにラッハが一歩前に出て、口許《くちもと》をにやりと吊《つ》り上げて言った。

「ああ、うちの隊長を困《こま》らせるような奴は、いくらでも馬鹿にしてやるよ。なあムー」

するとムーも腕をぐるりと回して、

「だね。おまえたちこそ、僕らをあんまりなめると、痛い目みるよ」

瞬間、ムーの引き締《し》まった体から殺気《さっき》が放たれる。それに男たちは一瞬気圧《けお》されるが、すぐさま、

「ああん？　ガキどもがいきがりやがって。俺らは暗殺から強盗までなんでもござれの本物の盗賊団だぞ。それをわかってんのか？」

だが、ラッハは自信満々の笑《え》みを浮かべて、

「はぁ？　そりゃ俺らとやるってことか？　なら、能書きはいいから、さっさとかかってこいよ」

続いてムーが、

「お、かっこいいラッハ。なんかわくわくするな。こういうのってひさしぶりだ」

嬉《うれ》しそうに身構《みがま》える。

直後、

「なめやがって!?　野郎《やろう》どもやっちまえ！」

二十人にも達しようかという数の盗賊の男たちが一斉《いっせい》に襲いかかってきた。

しかしラッハはゆったりと体を沈みこませ、引き締まった細い肢体《したい》にはあまり似合《にあ》って

いるとは言えない、両足を大きく広げたどっしりとした構えをとる。そのまま、

「はぁっ!!」

気声とともに、どんっと力強く足を一歩踏《ふ》み出した。途端《とたん》、地面に足型が残り、その勢《いきお》いとともにゴォっとうなりをあげて繰《く》り出された掌底《しょうてい》がなんと、一突きで四人もの男を吹《ふ》き飛ばしてしまう。さらに側面《そくめん》からきた二人の攻撃《こうげき》もがっちりと腕でつかみとると、一歩もその場を動かないまま、

「はっ!!」

地面にたたき伏せる。剛《ごう》の拳《けん》だった。敵《てき》のどんな攻撃も、そのあまり大きいとは言えない体に練《ね》り込まれていた力で圧倒《あっとう》してしまう。

一方、ムーの動きはというと……

無茶苦茶《むちゃくちゃ》だった。素早《すばや》い動きで敵を翻弄《ほんろう》し、

「ほい！　とりゃ！　あぶな！　あは、楽しいな～♪　二人でこんな人数相手にするのは、あの戦場以来だね」

その場をトリッキーな動きで縦横無尽《じゅうおうむじん》に駆け回り、まるで戦略《せんりゃく》など練らずに、そのときの気分で蹴《け》ったり跳《は》ねたり避《よ》けたり投げたり、そして盗賊たちはその数をどんどん減《へ》らしていく。まるで嵐だった。天真爛漫《てんしんらんまん》な嵐……

盗賊たちはそんな二人の動きを見て、

「やばい、こいつら……場馴《ばな》れしてやがる……頭《かしら》だ、頭と幹部の方たちを呼んでこい！

俺たちじゃ相手にならねぇ！」

「へい！」

と、数人が船へと帰っていく。それに、

「うん？　親玉がでてくるのか？　おもしろい、やってやろうじゃ……」

が、その瞬間、

「まったく……『やってやろうじゃないか』じゃありませんよ。なにをやってるんですか
あなたたちは」

そんな言葉とともに、いままでの盗賊たちのものとは違う、ゆったりとした動きの攻撃
がラッハに迫《せま》ってきていた。何者かの手が、彼の頭をつかもうとしてきて——

「む？」

ラッハはそれに反応《はんのう》し、その腕を強くとろうとするが……逆に彼の腕がとられて、その
まま軽々《かるがる》と地面に引き倒されてしまう……

「な⁉　強い……いったいなに……」

が、ラッハの言葉はそこで止まった。目の前で髪をなであげ、困ったような表情で立っ

ている男を見て……

「って、リーレ⁉　なんでおまえ……」

しかしその言葉を言い終わる前に、ラッハの隣《となり》ですさまじい勢いで動き回っていたムーが、ひょろりとした長身の男に簡単《かんたん》に捕《つか》まってじまうと……

「はぁ……おまえたち二人にするとすぐにこれだ……ミルク隊長と一緒《いっしょ》にはしゃいじゃだめだって言ったじゃないか。おまえらが隊長よりはしゃいでどうするんだよ」

ルークだった。彼は困った生徒を抱《かか》えて頭を悩《なや》ます若い教師のように首を振る。ラッハとムーはそれに顔を見合わせて、しまったとばかりに舌《した》を出しあう。

さらにルークはミルクのほうを向き……

「隊長もこんな二人を応援《おうえん》してたらだめで……」

が、そこでルークの言葉が止まってしまった。ミルクの姿——なぜか頭にハチマキを巻き、肩《かた》にたすきをかけて、ぴーちくぱーちく笛《ふえ》を吹き鳴らしながら両手に持った妙《みょう》に派手《はで》な彩《いろど》りの扇《おうぎ》を振り回しているその姿を呆然《ぼうぜん》と見つめて……

「って、その格好《かっこう》は一体なんなんですか？」

「へ？　あ、んとね、だからラッハとムーが悪者と戦っててね、だから応援しなくちゃいけなくてね、だから応援と言えばねじりハチマキにたすきに扇子《せんす》でね、他にもピンクのポンポンも前に寄った街のおもしろ市で仕入れてていまから出そうかと思って……」

「ああちょっと待って。わかりましたからだ さなくていいです……まったくもう……だいたい、そんなかさばるものをどこに持ち歩いてたのやら……」

と、ルークはげんなりした表情でため息をついてから、気をとりなおして、

「いや、そんなことよりも……隊長。いくら相手が悪者だって、それを裁《さば》くのは我々《われわれ》の仕事じゃないでしょう? それに、彼らに大勢の仲間がいたらどうするんですか。イエットで任務《にんむ》しにくくなるじゃないですか。ラッハ、ムーも、わかってるだろ?」

『あう』

それに、ミルク、ラッハ、ムーは一斉に小さくなり、素直《すなお》に、

『ごめんなさい』

あやまってくる。

ルークはまたため息をつき、それからなぜか微笑《ほほえ》んで、

「わかればよろしい」

うなずく。

そんな、ほのぼの風景《ふうけい》。

いや、ほのぼのと言うわりには、まわりに目つきのやたら悪い男たちがたくさん転がっ

ていたりするが……それはさておきとりあえずは、

「事態が大きくなる前にこの場を……」

しかし、ルークがそう言いかけたときだった。その男たちが迫ってきたのは……

「ん？」

と、驚《おどろ》きの声をあげる間もなく、ルークに向かって男たちが剣による一撃をくわえてくる。しかし彼は慌《あわ》てずに、それを少し身をそらしてかわすと……

「う〜ん。いきなり攻撃してくるとは、穏《おだ》やかじゃありませんね」

いつもの優《やさ》しげな瞳で、敵を見つめる。するとそこには、さきほどとは違う、厳《きび》しい表情の男たちと、一際鋭《ひときわするど》い眼光をした初老の男。そして、さっきルークがきたときに逃げていった数人の盗賊がいて——その盗賊がルークたちを指差して初老の男に言った。

「あいつらですクロークの頭《かしら》。あいつらが俺たちにいちゃもんつけてきて、それで……」

すると頭と呼ばれた男は眉《まゆ》を少しあげ、

「それで、あんな若い奴らにてめぇらは後《おく》れをとったってぇのか？」

「え……あ、いや、その……で、でもあいつらやたら強くてですね……」

が、クロークはそれにあっさりうなずいて、

「ま、そりゃそうだろうな。いまの動き……ありゃ、軍人だ。それもかなり強い……なあ、

そうだろ？　白髪《はくはつ》のあんちゃん。あんたがその部隊の隊長さんかい？」

なんてことを言ってくるクロークに、ルークはため息をついて、

「ほらな、ムー、ラッハ、おまえらのせいで強そうなのがでてきちゃったじゃないか。一見したところ、私と同等くらいの力量だぞ、あのじいさん……」

「げ……ルーク先輩と同じですか？」

「それだと……俺ら二人がかりでもちょっときついかも……」

続いてリーレが、

「まいりましたね。ここは一旦《いったん》、引きますか？」

が、そこでミルクが、なぜかしょんぼりとした悲《かな》しそうな声音で、ルークの顔色をうかがうように、

「あ、あの、ルーク」

「ん？　あ、なんでしょうミルク隊長。いま、ちょっとだけ取り込み中なんですが……」

が、その言葉を無視して突然、ミルクは頭《あたま》を下げてきて、

「あのね、私、さっきは本当に悪い子だったね、ごめんなさい」

なんてことを言ってくる。それにルークは、

「え？　あの、えっと、そんなミルク隊長、頭を下げたりしないでください……って、も、

もしかしてさっきの私の言葉にそんなに落ち込んでたんですか？　わわ、いや、あれは違うんですよ？　あれは怒《おこ》ったんじゃなくてですねあのその……」

と、部隊をとりまとめる教育者としては完全に失格《しっかく》のうろたえっぷりを見せるが、しかしミルクはその言葉が終わる前に首を振って、

「でもでもやっぱり私、隊長だから、こういうなんか、部隊の危機みたいな状況では、がんばらなきゃいけないと思うの！　だから、私があの頭さんをやっつけるね！」

あっさりそんなことを言う。その言葉に、

『へ？』

一斉にそんな間抜《まぬ》けな声をあげるミルク部隊の面々。しかし彼らがミルクを止める間もなく、びしっと彼女はクロークを指さすと、

「見ればわかると思うけど、隊長はルークじゃなくて私なの！　だから、私が相手になるわ。度胸があるなら、一対一で私と勝負しなさい！」

するとクロークは目を丸くして、

「はぁ？　なんの冗談《じょうだん》を言ってやがるんだこのお嬢ちゃ……」

が、その言葉も遮《さえぎ》ってミルクは、

「いっくわよー!?」

問答無用《もんどうむよう》で飛び出していく。その動きはあきらかにムーよりも速《はや》く、

「とう！」

かわいらしいかけ声とともに放った掌底《しょうてい》はラッハのものよりも鋭《するど》い。その一撃で、クローク の周《まわ》りにいた数人の男たちを吹き飛ばしてしまい……

「な、なんだこいつは⁉」

「と、とりあえず頭を守れ‼」

叫び声をあげて、一斉にミルクに向かって五人もの手練《てだれ》が襲いかかってくる——

が、無駄《むだ》だった。

全《すべ》ての攻撃をかわし、リーレ顔負けの当身《あてみ》によって、相手の攻撃をそのまま全て返して地面に引き倒してしまうと、クロークに向かって突っ込んでいく。

「く、なめおって。よかろう、わしが相手をして……」

だが、やはり言葉が終わらないうちに、

「悪いことする人は許《ゆる》さないんだからね！」

声とともに拳打《けんだ》を放ち、クロークがそれをなんとか防御《ぼうぎょ》すると、

「えいえいえいえいえいえいえい‼」

「うおおおおおおおおおおおお‼」

その後、見えないほどの技の応酬《おうしゅう》が繰《く》り広げられて……しかし、最後に放ったミルクの回し蹴りがクロークの頭をとらえて吹っ飛ばしてしまう。クロークはそのまま地面に倒れ伏し、

「てりゃ！」

「くそ……こんな小娘《こむすめ》にわしが……」

が、そう言って立ちあがろうとするクロークの額《ひたい》に、ミルクは指をとんっと軽《かる》くあてて

──言った。

「んと、あのね、頭さん。本当は私、魔法《まほう》の方が得意《とくい》なの。もしこれ以上やるなら、魔法を使っちゃうけど……できればここで降参《こうさん》して欲《ほ》しいなーなんて思ったりして……」

瞬間、クロークの表情が驚愕《きょうがく》に歪《ゆが》んだ。そのまま……

「ば、馬鹿な、貴様《きさま》、これほどの力量の上に魔法の心得《こころえ》まであるとは……く、くく。まいった。わしの負けだ。よかろう。今日からクローク盗賊団はあんたのもんだ。わしの祖《そ》父《ふ》がこの港のゴロツキをたばねて六十年……強いものが上に立つ。それだけがわしらの唯《ゆい》一《いっ》の規律《きりつ》だったのだからな。ものども、今日から俺たちの頭はこの娘さんだ。アネさんと呼《よ》べい！」

『へい、よろしくお願いしますアネさん！』

「え？　え？　って、それってそれって、もう悪いことしないってこと？」

『アネさんがそう命令するのなら！』

「えらい！　みんなほんとはいい人だったんだね！」

なんて会話を交わす盗賊たちとミルクをリーレが冷《さ》めた目で見つめて、

「……なにをどうしたらこういう展開《てんかい》になるんでしょう。あっさり盗賊たちを手懐《てなず》けてしまいましたね……毎度のことながら、ミルク隊長のこの並外《なみはず》れた人望《じんぼう》には驚かされます」

続いてムーが目を輝《かがや》かせて、

「さっすが隊長!!」

さらにルークが自慢《じまん》の娘の成長を喜んでいる父親のような緩《ゆる》んだ表情で、

「ああ。私の育て方は間違ってなかった」

いや、それは違うと思うが……

それはさておき、クロークが、

「アネさん。今日はぜひうちの宿に泊まってください。歓迎《かんげい》します。うちの板前《いたまえ》の料理はうまいですぜ」

「え？　ほんと？　お菓子《かし》もでる？」

「もちろんです」

「やったー♪」

そんなかわいらしいミルクに、盗賊たちは顔をほころばせて、

「かわいいアネさんだなぁ」

「あのアネさんは俺たちが命をかけて守らなきゃな」

なんてことを言い始めているのを聞いてラッハが憮然《ぶぜん》とした表情になって、

「おいおい、隊長は俺たちのもんだぞ！」

「なんだと、うちのアネさんは渡《わた》さないぞ」

なんて会話をしながら、ぞろぞろとミルク部隊――もとい、ミルク大盗賊団は移動を開始したのだった……

時間は戻って夜。
ライナは再びうなされていた。周囲に突如《とつじょ》現れた巨大な針がライナに襲いかかってきて
――
ライナはそれを眺《なが》めて……
（……またこの夢かよ……）
やる気ゼロな声音で呟《つぶや》いた。それから夢を抜け出し……薄《うす》く、まぶたをあけると、案《あん》の

定目《じよう》の前にはフェリスが彼の首筋に剣を突きつけてきており……

ライナは嘆息《たんそく》しながら言った。

「で、今度はなんだ？」

「ん。危険な野獣が目を覚ます前にとどめを刺《さ》そうと思ってな」

「てめぇ、まじでぶっ殺……」

「という冗談はさておき。きたぞ。例の盗賊団の本隊とやらが。思っていたよりも数が多い」

「んぁ？」

と、ライナは少しだけ気《け》だるげな目を細めると、部屋の扉《とびら》に視線を投げて、

「ああ、ほんとだ。気配《けはい》殺してなんか近づいてきてるな。おまけにその中の何人かは、えらく巧《たく》みに気配を消してる。まあそれでも完全じゃないけど。あれかな、さっきこの宿の受付の奴が言ってた、暗殺請け負ったりする奴らかな？　こいつらはけっこう強そうだ」

するとフェリスもうなずき、

「うむ。この狭《せま》い空間で戦うとなると、少々めんどうだな」

「いや、それでもおまえなら、楽勝だと思うんだが……」

が、そこで突然、フェリスは急に悲しげな表情になって首を振り、

「……残念《ざんねん》ながら、奴らの相手はいまの私では無理なのだ。だからおまえに頼《たの》みにきた」

「はぁ？」

「すまない。おまえだけが頼《たよ》りなのだ」

なんて、らしくないことを言い出すフェリスにライナはあわてて、

「って……うお？　なんだよそりゃ。どっか調子でも悪いのか？」

すると——

「眠い」

フェリスがあっさり言い放った。ライナはそれに一瞬絶句《ぜっく》してから、

「…………………へ？」

「聞こえなかったのか？　眠いから私はやりたくない。おまえがやれ」

「…………って、おまえ、俺は眠くないとでも思ってんのか？」

「おまえのことなど私の知ったことではない」

「って…………ぶっ殺すぞてめぇ！……ああもうひさしぶりにキレた！　こっちだって眠いからイライラしてんだ！」

「ん。おまえごときが私の眠気に勝てると思うなよ」

「違うね。絶対俺のほうが眠いね」

「ふ。これだから素人《しろうと》は……」

「あーうっさいうっさい！」

などと、わけのわからない意地《いじ》を張り合いながら、

『勝負だ!!』

どんよりとした眠い瞳のまま、ライナは魔方陣《まほうじん》を描《えが》こうと身構《みがま》え、フェリスは腰に手をかけたところで……間の悪いことに部屋の扉が開いた。

ガタイのいい初老の男と、さっきライナたちに盗賊団の説明をした男が現れ……

「へへ。てめぇらついに年貢《ねんぐ》のおさめどきだぞ。覚悟《かくご》しやがれ！」

「うむ。あやつらがこの宿を乗っ取ったという、暴漢《ぼうかん》か？　貴様ら、今度はこのわし、コーク・クロークが……」

が、その言葉は最後まで続かなかった。

「求めるは雷鳴《らいめい》〉〉〉・稲光《いなずま》」

ライナが放った強力な稲妻《いなずま》の魔法が狭い部屋の中に炸裂《さくれつ》して、

『ぎゃあああああああああ!!』

クロークと受付の男が吹っ飛ぶ。続いて、

「ん」

爆発《ばくはつ》したライナの魔法を巧《たく》みに避《さ》けて剣を信じられない動きで一閃《いっせん》、二閃するフェリス。それだけで部屋の壁が、天井《てんじょう》が斬《き》り裂《さ》かれ、破壊《はかい》されて崩《くず》れ始める。なぜか、宿のどこかで再《ふたた》び誰《だれ》かがぎゃーと叫ぶ声が聞こえたが、死闘《しとう》のさなかにそんなことを気にしている暇《ひま》はない。ライナは目の前を疾駆《しっく》する、美しい悪魔《あくま》を見据《みす》えて、

「てんめぇいま本気で俺を斬るつもりだったろ」

「女の敵の色情狂はここで始末《しまつ》してくれる」

「ああそうかい。そっちがその気ならこっちだって」

と、ライナは再び巨大な魔法をいくつも連発して……

フェリスがそれをひょいひょいかわしながら剣を縦横無尽《じゅうおうむじん》に振るいまくって……

宿が、まるで紙切れのようにすぱすぱ切り裂かれ、炎《ほのお》が、稲妻が、爆流《ばくりゅう》が、次々炸裂する。

そんな中。

「や、宿が……宿が……俺たちのアジトが……あ、アネさん。あいつらめちゃくちゃなんです。何とかしてください!?」

「え? なになに? って、あああああああああああライナあああああ!? み～つ～けたあああああああ!! もう絶対逃がさないんだからね!! ルーク、ラッハ、リーレ、ムー、

こんな宿屋で楽しそうに美女と浮気《うわき》するライナを捕獲《ほかく》します！　援護《えんご》して！　いっくわよー!!　求めるは雷鳴……」

「って、ミルク隊長！　こんな小さな部屋のなかでそんな魔法を……」

「あ、アネさんもあいつらと一緒だぁあ」

ドゴォアアアアアアアアアアン!!

『ぎゃあああああああああああああ!?』

という盗賊たちの悲鳴《ひめい》に続き、

「あう、ど、どうしようルーク、いまので床《ゆか》が抜けてきゃあああああああ!?」

「うあ!?　うそ？……た、隊長が落ちたぁ!?　ムー、ラッハ、リーレ助けにいくぞ！」

『は、はい!?』

あわただしくそんなことをやっている間にも、宿全体からはすでに、ゴゴゴゴとなにか、致命的《ちめいてき》な音が聞こえ始めていたりして……

創業百八十年という老舗《しにせ》の宿が一つ、その夜にひっそりと……いや、盛大《せいだい》に営業を終了《しゅうりょう》したのであった。

月夜だった。

綺麗《きれい》な月夜。そこに金色の長い髪を柔《やわ》らかい夜風に遊ばせている美女が、立っていた。

彼女の立っている場所は廃墟《はいきょ》。なにもかもが崩れ落ちた、荒廃《こうはい》した地に立ち、目の前にいるやる気のなさそうな黒髪長身痩軀の男と向き合って、無表情に言った。

「……そろそろ決着をつけよう」

「ああ」

いつになくシリアスな雰囲気《ふんいき》だった。

二人のかたわらには、全《すべ》てが壊滅《かいめつ》する中、二人が必死で……命がけで守ったモノが一つだけ、おかれている。

それを協力《きょうりょく》しあって守った二人は、今度はそれを奪《うば》い合って争《あらそ》っている。

「無常だな」

男が言った。するとそれに美女は表情を変えずに、

「だが、それがこの世の真理《ことわり》だ」

再び黙《だま》り込む二人の間に、一陣《いちじん》の風が吹きぬけた。

刹那《せつな》、二人は動いた。

「求めるは……」

「ん」

勝負は一瞬だった。

二人の姿は交錯《こうさく》し、入れ違うと……

女が淡々《たんたん》とした声音で言った。

「やはり、美しいものが勝つというのが、この世の真理なのだな……」

「うっさいわ！」

言ってから、男はぱたりとその場に崩れ落ちて、

「うう……くそ……結局また負けた……」

そのまま寝息を立て始める……

それを見て女は、

「たわいのない」

呟《つぶや》くと、剣を腰に収めた。

そして振りかえる。女の目の前には、彼女が命をかけて守り、見事勝ち取ったモノがあった。それに女は目を細めると、

「やっとか……」

美しい髪をかきあげ、体のほこりをはたいて、そのモノに歩み寄っていったのだった。

翌朝《よくちょう》。

ルークは、気絶《きぜつ》しているミルクの体を抱《かか》えて、廃墟《はいきょ》の前でたたずんでいた。昨日《きのう》壊滅した、盗賊宿だ。そこは地獄絵図だった。阿鼻叫喚《あびきょうかん》の表情で、瓦礫《がれき》に潰《つぶ》されて気絶している盗賊たち……もしミルクが抜けた床の穴に落ちて気絶してくれなかったら、間違いなく彼らはあの盗賊たちと同じ末路《まつろ》を辿《たど》っていただろう……

ルークがそんなことを考えていると、後ろに控《ひか》えていた彼の部下たちが、

「『忌破り《いみやぶ》』の追撃……やはり、厳《きび》しい任務ですね……」

ルークはそれに、重々《おもおも》しくうなずいた。

おまけに、目の前には、さらに異常な光景が広がっているのだ。

廃墟の瓦礫の中、なぜかまったくほこりも汚《よご》れもついていない、綺麗《きれい》なベッドが据《す》えられており、その上に絶世《ぜっせい》の美女がかわいらしい寝息をたてて寝ているのだ……

その姿はまるで……

壊滅したこの世を救《すく》いに降《お》りた天使か……

それとも天使の姿をした悪魔か……

しかしルークたちはその正体を知っていた。

だから……

「よ、よし。あの『忌破《いみやぶ》り』たちと、隊長が目を覚ます前に逃げるぞ」

「で、でもどこへいきますか？」

「とにかく『忌破《いみやぶ》り』がいないどこかだ。急げ！」

『はい！』

ちなみにもう一度確認《かくにん》しておくが、彼らの任務は『忌破《いみやぶ》り』追撃なのだが……

はたして彼らにはその言葉の意味がわかっているのだろうか？


（でんじゃらす・ないと：おわり）

ぷりてぃ・がーる

『はじめてのイエット共和国の歩き方』

そんなタイトルの小冊子《しょうさつし》を手に、ライナ・リュートは呆然《ぼうぜん》と休日の街路《がいろ》に立っていた。

いつもより四割増しの寝癖《ねぐせ》がついた黒髪《くろかみ》に、覇気《はき》という言葉を冒瀆《ぼうとく》し続けているようなやる気ない瞳《ひとみ》。その瞳で、さっき売店で買った小冊子を、ライナはぼへーっと眺《なが》めていた。

値段《ねだん》はちょっと高めのハードカバー小説と同じくらい。全部で百二十六ページあるその小冊子の最初のページには、こんなことが書いてあった。

その1・このイエット共和国において水と安全、そして情報がただで手に入ると思うな。

その2・そういうわけで、この冊子ではそんな重要な教訓《きょうくん》をあなたに与《あた》えるために、なんの情報も載《の》せないことにする。

その3・んじゃまあそろそろ書くのもめんどうになってきたので、そういうことで。

そして二ページ目以降《いこう》は全《すべ》て白紙だったりして……

ライナはそれにわなわなと震《ふる》えてから、

「なにがそういうことでだぁあああああ!?」

思わず冊子を投げ捨てていた。

それに彼の隣《となり》にいた、いつも無表情な美女、フェリス・エリスが、

「ん。しかしあの空中を舞《ま》っている冊子は、重大な真実も教えてくれたのだから、よしとするべきだな」

艶《つや》やかな金髪《きんぱつ》を無造作《むぞうさ》にかきあげながら、切れ長の青い瞳で冊子を追って淡々《たんたん》と言った。

それにライナは、

「んぁ？　重大な真実？　って、このイエットが、犯罪《はんざい》をまるで取り締《し》まらない弱肉強食の危険《きけん》な国だってことか？」

「いや、あっさりだまされてあんなものを買ってくる間抜《まぬ》けを信じてはいけないという真実だ。こんな他国と国交のない国で、あのようなガイドブックがあること自体がおかしいということにすら気づかないらしい」

「うう……いや、確《たし》かにだまされたけどさぁ……でも、おまえだってあの冊子買うの賛成《さんせい》してたじゃないかよ」

するとフェリスはなぜか得意《とくい》げに軽く鼻《はな》を鳴らして、

「ふっ。甘《あま》いな。あれはカモフラージュだ」

「意味がわかんねぇよ意味が!?　って、だいたいおまえは…………………ああまあいいや。

怒鳴《どな》ると疲《つか》れるし……んで、じゃあどうする？　はっきり言って俺《おれ》、イエット共和国のことはまるでわかんないぞ。この国は他の国からは完全に隔絶《かくぜつ》した場所にあるから、ほんとに謎《なぞ》の国なんだよなぁ……とりあえずはこの地域《ちいき》にある勇者伝説かなんかについての文献《ぶんけん》やら情報でも見つかればいいんだが……図書館の場所でも誰《だれ》かに聞……」

が、そこで、ライナの言葉が止まった。

彼の目線の先には……さっきライナが放《ほう》り投げた小冊子が放物線を描《えが》くように高く、高く舞い上がって風に乗っており……

そしてその下。なぜかその小冊子を見上げて、落下地点を測《はか》るように左右に動いている目つきの悪い男が三人。

「あ、兄貴《あにき》もうちょぃ右です」

「わかってらぁ。ここか？」

「ビンゴです兄貴！」

瞬間《しゅんかん》、小冊子が兄貴と呼ばれた男の頭にぱさっと軽い音をたててあたり……

男はゆっくりとした動作で懐《ふところ》からなにやら赤い液体の入った透明《とうめい》な袋《ふくろ》を取り出すと、頭に振《ふ》りかけて……

「…………なんじゃこりゃああ!?　血が、血がでよったぁ!?」

迫真《はくしん》の演技だった。

　そんな光景をライナがぼけーっと眺めていると、今度は子分の男たちが白々《しらじら》しい様子《ようす》で兄貴のそばまで駆《か》け寄《よ》ってきて、

「あ、兄貴しっかりしてくだせ～」

「ちくしょう～誰がこんなひでぇまねを～許《ゆる》さねぇ～ぜって～許さねぇ～ぞ～」

　こっちはひどく棒読《ぼうよ》みな口調《くちょう》だったが……

　まあ、言わんとしてることはわかった。男たちは振りかえり、ライナたちを見据《みす》えて歩《あゆ》み寄ってくる。それにライナは、

「はぁ……もうやだこんな国……」

「ん。それは同族嫌悪《どうぞくけんお》というやつか？」

「俺のどこがあいつらと一緒なんだよ」

「犯罪者《はんざいしゃ》なところだ」

　なんてことをフェリスはあっさり言い放つ。

「しかしまあ、おまえほどのマスター色情狂《しきじょうきょう》はこの国にもそうそうはいないだろうがな」

「どんだけレベル高いんだよ俺は!?　って……ああもう、だからそうじゃなくて!!　とりあえずじゃあ、あいつらから図書館の場所でも聞き出そうかね。ちなみにフェリス……さ

っきの小冊子が書いてたこと、覚えてるか？　あの、『水と安全、そして情報がただで手に入ると思うな』ってやつ」

「無論《むろん》だ」

「ってことはだ、この国ではめんどくせぇことに、あいつらから図書館の場所聞くにしてもなんらかの代償《だいしょう》が……」

しかし、ライナの言葉が終わる前にフェリスはなぜか腰《こし》の剣《けん》を引きぬいており……

ライナはそれを見て……

「…………って……ああ、まあおまえはそういうの得意だもんな……俺としては絶対おまえのほうがこの国に向いてると思うよ」

なんてことを言ってる間にも男たちがやってきた。

「おうおうてめぇら……」

が、言葉はそこまでだった。見えないほどの早さでフェリスの剣が閃《ひらめ》き、瞬《またた》く間《ま》に男たちを地面にたたき伏《ふ》せると……

平坦《へいたん》な、感情のまったく見られない声音《こわね》で、

「ん。しかし今日はいい天気だな。小鳥も鳴いている。こんな日には首も体から離《はな》れて、さぞかし羽を伸《の》ばしたいことだろう」

『ひいいいいいいいいいいいいい⁉』

そんなさわやかなのかえぐいのかよくわからないセリフに顔面を蒼白《そうはく》にする男たち。憐《あわ》れだった。悪のレベルがまるで違《ちが》うのだ。

ライナは感心した表情で、

「はぁ……さすがは悪逆非道《あくぎゃくひどう》破壊王《はかいおう》のフェリスだけはあ……うぎゃあああああああ⁉」

と、なぜか地面に勢《いきお》いよく倒《たお》れ伏すライナ。

男たちはそれを見てさらに震えあがり……

フェリスが言った。

「で、こんなふうに清らかな天使の一撃《いちげき》をくらいたくなかったら、私の質問に答えてもらおうか」

「は、はい……」

どうやらライナとフェリスは、早くもこの国の方針《ほうしん》にずいぶんとなじんできているようだった……

そんなこんなで男たちから聞き出した情報によると、この国には図書館なんていう無料で情報を得られるような便利な施設《しせつ》は存在《そんざい》しないらしい。

国がなにもしないぶん、食料品ならこの組織《そしき》、土地や建物《たてもの》関係ならこの組織と、各分野を完全に独占《どくせん》している組織が存在し――

そして情報は、フューレル一族《グループ》という巨大《きょだい》組織が、書物、文献《ぶんけん》から、口伝《くでん》、噂話《うわさばなし》までほとんどを統制《とうせい》していて、

「で、金を払《はら》うか、向こうが提示《ていじ》してくる仕事をこなさない限りは、どんな些細《ささい》な情報も手に入れることができないと……まあ、重要な情報なら当然といえば当然だけど……」

言いながら、ライナはその建物を見上げた。

フューレル一族《グループ》が運営しているという、『イエット共和国総合情報資料本部』の建物。

その、まんまなネーミングのセンスもさることながら、どういう趣味《しゅみ》なのか、全《すべ》てが黒で統一されている巨大な建築物《けんちくぶつ》には、信じられないことに部門別に入り口が無数にあった。

『金融《きんゆう》情報』『政治情報』『地図』『流通』なんて項目《こうもく》から『浮気《うわき》調査《ちょうさ》』『全国グルメ情報』『女の子ドラマー急募《きゅうぼ》』『当方エリート会社員。コンパしようぜ係』などなど、しょーもないものまでありとあらゆる情報があって……

「へぇ、こりゃ意外と便利かも。自分で調べなくていいってところがなんか俺向きだなぁ。んでえーと、俺らが知りたい情報は……」

と、ライナは入り口におかれているパンフレットを手に取って、ぺらぺらとめくる。

「ああ、この三〇二二四八番門《ゲート》から入る『史実』か、三〇二三四四番門《ゲート》の『都市伝説』ってところかな……？　なあフェリス、どっちからいく？」

するとフェリスは首を振って、

「いや、私は三〇二三八番門《ゲート》が一番有益《ゆうえき》な情報を得られると思うのだが」

「へ？　え？　三〇……？」

言って、ライナはパンフレットのページをめくる。

「ふむ。三、〇、二の……えーと、なんだこれ、『うまいだんご屋情……』っておまえはこればっかじゃねぇかよ!!」

「もしくは八〇四八六七番門《ゲート》だな」

「んぁ？　八〇四……『変質ストーカー男の撃退法《げきたいほう》』……まさかこのストーカーってのは俺のことだと言いたいんじゃねぇだろうな」

「ほう、最近ではやっと自覚《じかく》がでて……」

「こねぇよ!!」

なんて会話を二人がしているところに……

突然《とつぜん》、

「お客様」

声をかけられた。

「なんだ？」

「ん」

ライナとフェリスはいつもの不毛《ふもう》な会話をやめ振り返る。するとそこには、きっちりとした黒いスーツを着込んだ男が立っていて、

「お待ちしておりました。ようこそフューレル一族《グループ》へ。総帥《そうすい》があなたがたをお待ちです。VIP室《ルーム》へご案内いたします」

なんてことを言って、さっさと歩き出す。

それにライナは首をかしげて、

「はあ？……って、総帥？　VIP？　なんで俺たちがそんなたいそうな扱《あつか》いされんだ？　どう思うフェリ……」

が、ライナの問いかけが終わる前にフェリスはすでにすたすたと男のあとをついていこうとしており、

「っておまえは、怪《あや》しいとかまるで思わないのかよ」

「なんのことだ？」

「いや、だからなんで俺らなんかがVIPなんだってことだよ。イエットにはきたばっか

だし、有名人なわけでもなし……」

しかしフェリスはそれに、ライナを見下《みくだ》しきった目つきで首を振って嘆息《たんそく》し、

「ふぅ……無知とは憐《あわ》れなものだな。そんなこともわからないのか」

「ああ？　なんだよそれ。じゃあおまえはなんで俺たちがＶＩＰに選ばれたのかわかってるってのか？」

「うむ」

「ほう。で、なんでなんだ？」

するとフェリスはライナに向き直って、

「私は美人だ。そしていつだって美人はＶＩＰと決まっている。そういうわけだ」

なんてことを言い放つ。

それにライナは言葉を失《うしな》って……

「……………………」

しばらくの沈黙《ちんもく》が流れた。

と——なぜかフェリスは顔を赤らめて腰の剣に手をかけ、

「殺……」

「殺すなよ！　ってか、いつも思うんだが、殺すほど恥《は》ずかしいなら言うなよなぁ……っ

たく疲れんなぁ。んじゃ、あいつについていってみようか。おまえみたいな凶悪《きょうあく》な悪魔《あくま》……いや、あう……えと……天使と一緒《いっしょ》なら、どんな場所だろうが安全だろうしな……」

と、げんなりした口調でライナは言ってから、喉《のど》もとにつきつけられた剣をどけて、男についていったのだった。

「ようこそ」

ライナたちが薄暗《うすぐら》い個室――VIP室《ルーム》とやらにつくと、中で待っていたのは、少年だった。それも、信じられないほどの美貌《びぼう》を持った、十二、三歳《さい》くらいの少年。綺麗《きれい》に整《ととの》えられた黒髪に、女の子とみまごうばかりの容姿《ようし》。その体を巫女《みこ》の服を連想させるような古風な着物で包み、若干《じゃっかん》つり目気味《ぎみ》の利発そうな瞳をライナたちへと向けると立ちあがって、

「いやぁ、お初にお目にかかります！　私はフューレル一族《グループ》総帥、ヴォイス・フューレルです。以後お見知りおきを」

なんてことを子供《こども》とは思えない丁寧《ていねい》な口調で言ってくる。それにライナは一瞬《いっしゅん》めんくらってから、

「いや、ってこんなガキが総帥って……ああまあ……一族とかいってたし、そういうこともあるか……んで？　その総帥さんが、俺たちなんかになんの用なんだ？」

するとヴォイスはにっこりと笑って、

「とりあえず立ち話もなんですし、どうぞお座《すわ》りください。あ、お飲み物もどうぞ」

「へ？　あ、ああ……」

うながされて、ライナたちはソファに座って、出されたお茶に口をつけた。

それを確認《かくにん》してからヴォイスは、

「では、単刀直入《たんとうちょくにゅう》にいきますね……用というのは他《ほか》でもありません。イエット共和国に入国して早々《そうそう》、たった二人でコーク・クローク盗賊団《とうぞくだん》を壊滅《かいめつ》させてしまったあなたがた二人の力を見込んでの依頼《いらい》をしたいと思いまして、この度《たび》はお呼《よ》びしたのですが……」

するとその言葉にフェリスが目を細め、

「ほう……よく知っているな。我々《われわれ》の動向《どうこう》を監視《かんし》していたということか？」

「いえ、監視というほどではないのですが、私たちの商《あきな》いにおいて、やはり一番大きな収入源《にゅうげん》は情報の売買《ばいばい》ですからね。それくらいの情報は常《つね》に手に入れていないと」

と、ヴォイスが自慢《じまん》げに言う。

その横でライナが半眼《けんがん》で、

「ってか、街《まち》のど真ん中で盗賊宿が建物ごと吹《ふ》っ飛びゃ誰だって気づくと思うけどな」

が、そんな言葉はあっさり無視されて……

「さて、なにから話せばいいでしょうか。あなたがたはまだ入国されたばかりで我々のことをよく知らないかもしれませんが……私たちフューレル一族《グループ》は、主《おも》に情報売買を生業《なりわい》にしております。しかし、それはグループの一面でしかありません。フューレル一族《グループ》の本当の姿は、情報の売買で得た資金を民衆《みんしゅう》や貧《まず》しい方々《かたがた》に還元《かんげん》する、慈善《じぜん》組織。我々は日々、世のため人のために尽《つ》くしているのです。どうですか？　こんなにも清く正しい組織に協力したいとか思い始めたでしょう？」

なんてことを言ってくるヴォイスにライナはげんなりして、

「いや、自画自賛《じがじさん》されてもなぁ……」

が、またまたそんな言葉も無視され……

「そうでしょう？　協力したくなってきたでしょう？」

「っておまえ俺の言葉は聞こえてるか？」

「はい！　もちろんただで協力していただこうとは思っておりません」

「だーかーらーおーまーえーはー……」

「もし私たちの依頼を見事達成《たっせい》していただいたあかつきには、通常、情報一つにつきいくらで取引しているところを、今回は選んでもらった一ジャンル全ての情報を提供《ていきょう》させていただこうと思っております……いかがでしょう。悪い話ではないと思うのですが」

言いきって、こちらの様子《ようす》をうかがってくる。それにライナは顔をしかめてから、

「……おまえの態度《たいど》はどうかと思うが……まあ悪い話じゃないよな。どう思うフェリス」

「ん。依頼の内容次第《しだい》だな」

「ああ、そりゃそうだな。なんかとんでもない犯罪《はんざい》かなんかの片棒《かたぼう》を担《かつ》がされんのはごめんだからな。で、実際《じっさい》のところ、どんな依頼なんだ？」

聞くと、ヴォイスは嬉《うれ》しそうに笑って、

「もちろん、友愛と慈善の精神を柱とするフューレル一族《グループ》が、そんな犯罪まがいの依頼をするわけがないでしょう。安心してください！」

力強く言った。と、そのときだった。

部屋の扉《とびら》が開いて……

血相《けっそう》を変えた男が飛び込んできた。

「若《わか》！　若!?　てぇへんです。俺たちが親切にも孤児院《こじいん》を建《た》ててやろうとしている土地に住んでるじじいが、立ち退《の》こうとしやせん」

するとヴォイスが、眉間《みけん》に皺《しわ》をよせ、思慮《しりょ》深げな表情をしてから、

「う～ん。それは困《こま》りましたね。しかし、友愛と慈善をモットーとする私たちとしては、どんな民《たみ》の意見も尊重《そんちょう》したいところですし」

とそこまで言ってから突然、ヴォイスの表情が一変した。にこやかな少年の顔から、まるで悪魔のような冷たい表情になって、

「よしこうしましょう。そのおじいさんには手足を縄《なわ》で縛《しば》って足に重石《おもし》をつけてトイルーレ湾《わん》の底に沈《しず》んでもらってください。それですべては穏便《おんびん》にカタがつくはずです」

「はい！」

「ってはいじゃねぇえええええええ!!」

そこで、ライナは思わず叫《さけ》んでいた。そのまま軽く片手で頭を抱《かか》えて、

「あーちょっと待てよおいガキんちょ。もしかして俺の聞き間違いかもしれないから聞きなおすが、いま、誰かを海に沈めようとか平然と言ってなかったか？」

するとヴォイスは、さっきまでの悪魔のような表情は欠片《かけら》もない驚《おどろ》きの表情で、

「え？　なにを言ってるんですか？　いやですねぇ。そんなこと言うわけがないじゃないですか。私たちのような慈善組織がそんな悪辣《あくらつ》なことするわけないでしょう？」

「そ、そうか……？」

「もちろんですよ」

なにも後ろ暗いことなどないと言わんばかりの無邪気《むじゃき》な表情でにっこり断言してくる。

その態度になんとなく気圧《けお》されて、ライナがしぶしぶ納得《なっとく》したそのとき！　再び扉が開

いて新しい男が入ってきて、

「てぇへんです若！　俺らが薬《ヤク》をさばいてる縄張《シマ》が、最近台頭してきた若い連中にあらされてます！」

　するとヴォイスは、できの悪い子供を持った親のような、しかしそんな子供ほどかわいいといわんばかりの優《やさ》しげな表情で、

「ほう。彼ら、ついにやっていいことと悪いことの見境《みさかい》がつかなくなってしまったようですね。しかし若い頃《ころ》にはよくあることです。いちいちめくじらをたてても、子供は成長しません。ここは穏便に――」

　とそこでまた、ヴォイスの表情に暗い影《かげ》が落ちた。暗闇《くらやみ》の中、ただ彼の赤く裂《さ》けた悪魔のような口だけが吊《つ》りあがって、

「ここは見せしめに一人だけ捕《つか》まえてさんざん殴《なぐ》りつけたあげくに縄で首をくくり市中をひきまわしたあと街の中心に吊るしてさしあげ……」

「だあああああ！　だから、おまえなにあっさりンな怖《こわ》いこと言ってんだよ！」

　ライナのその言葉に、ヴォイスはふと、我に返ったかのような表情になって……

「は⁉　私はいま、なにを言っていたのでしょう。お恥ずかしい。とんだ醜態《しゅうたい》を見せてしまいました。そうですね。私としたことが忘《わす》れておりました。まだ年端《としは》のいかない若者を、

一人で逝《い》かせるなどと……なんてひどいことをしようとしていたんだ。ご忠告感謝《ちゅうこくかんしゃ》します。ここはライナさんの言うとおりその若者がさみしくないよう若者の家族だけでなく一族郎党《いちぞくろうとう》にいたるまで全ての首に縄をかけて残酷《ざんこく》に……」

「だからちがあああああああああああぅ⁉」

するとあどけない顔を、まったく困ったお兄ちゃんだなぁ的にしかめたヴォイスが、

「んもぉ、今度はなんなんですかいったい。まだなにか問題があるんですか？」

「って俺なのか⁉ 俺が困った人なのか⁉」

と一瞬混乱《こんらん》しながらもライナが、

「いや、そうじゃなくって！ おまえさっきからフューレル一族《グループ》は慈善と友愛をモットーとした組織とか言ってたろうが！」

「もちろんですよ。例を示すのなら、私たちはこの国を救《すく》うために、日々孤児院を建てております」

「そのために人殺してたら本末転倒《ほんまつてんとう》だろうが⁉ いや、だいたいンな孤児院がどうこうの前に……さっき麻薬《まやく》がどうとか言ってなかったか？」

しかしその問いかけにも、ヴォイスは心外だとばかりの表情で、

「え？ 麻薬ですって？ まさか……そんな危険《きけん》なものを私たちのような善意の組織が販《はん》

売《ばい》しているわけないじゃないですか。私たちは、フューレル一族《グループ》が総力をあげて開発した、どんな病《やまい》にも、どんな悩《なや》みにも極《きわ》めて高い効果《こうか》を示す新薬を、格安《かくやす》にて民間人にご提供《ていきょう》させていただいてるにすぎません」

「……………ほう……ちなみにその薬を飲んだときの詳《くわ》しい効果を聞いていいか？」

「もちろんです。この薬をひとたび飲めば、まばゆい光が差し込み、世界はばら色、すぐにあなたは自分がすばらしく幸福で、全能の力を持っていることに気づく。そう、望《のぞ》めば空を飛ぶこともできるのです！」

「って、麻薬の幻覚《げんかく》じゃねぇか!!」

「なにを言いがかりをつけてるんですか。ただ確かにこの薬にも問題点はあります。一つはその高い中毒性《ちゅうどくせい》、もう一つは飲み続けると廃人《はいじん》になってしまうという点があげられますが……まあ、たいした問題じゃないですね」

「問題ありまくりだろうが!!　ってなんかすっげぇ疲れてきたぞ……怒鳴る回数多いし……とりあえず俺は帰らしてもらうよ。おまえらがどんな慈善活動しようが俺らには関係ないしな……いくぞフェリス……」

「ん」

と立ちあがる二人。

が、ヴォイスはそれを引きとめることもなく、悲しそうな表情になって、

「そうですか……我々の崇高《すうこう》な理想が伝わらないとは……残念《ざんねん》です。しかし、それならそれで、一度は出会い、友となったあなたがたのこれからの旅がすばらしいものになるよう、お祈《いの》りいたしましょう」

「あーはいはい。勝手《かって》に祈ってくれ」

と、その部屋を去っていこうとするライナとフェリスの後ろから、

「はい。毒入りのお茶を飲んでしまったために、あとたった三時間しか寿命《じゅみょう》がなくなってしまったお二人が、どうか解毒薬《げどくやく》を手に入れられますよう……」

「ってちょっと待てぇっ!! はぁ? 毒入りのお茶? ってまさか、俺らが飲んだこのお茶に毒入れてたんじゃないだろうな……?」

と——ヴォイスはその問いかけに、

「てへ♡」

「てへじゃねえこのガキゃあああああ!!」

ライナは叫び、それからフェリスのほうを向いて言った。

「おいどうする。あと三時間以内に解毒薬手に入れなきゃ、俺ら死ぬらしいぞ……」

が、フェリスは表情一つ変えずに、当然だとばかりの声音で、

「うむ。あの紅茶には極《きわ》めて高い毒性を示すケマリが入っていたからな。しかし茶にいれることによって、だんごにぴったりの香《かお》り高い風味《ふうみ》を生み出す……ヴォイスとやら、その若さで、なかなかの通《つう》だな」

するとヴォイスはにっこり笑って、

「さすがにお目が高い。なにせケマリはイエットにはない、貴重《きちょう》な植物ですからね。わざわざ他国から取り寄せては、生涯《しょうがい》一度しか会うことができないかもしれないお客様にも喜んでいただけるよう心を尽《つ》くしております」

「うむ。一期《いちご》一会《いちえ》の心か。茶の基本だな」

「なに言ってんだおまえら。毒入れといて一期一会もくそも……ああ誰も聞いてねえし」

と、もうくらくらする頭で呟《つぶや》いてから、ライナはげんなりした口調で言った。

「んでガキ、てめぇはイエットにはない毒を使ってるから、解毒薬もそう簡単《かんたん》にはここでは手に入らないぞと脅《おど》してるわけだな？」

「そんなまさか。あくまで一期一会の……」

「やかましいわ!!」

と、もう半泣《はんな》きのライナの叫びはあっさりと無視されて……

「で、私の依頼を受けてくださるのでしょうか？」

「…………」

選択《せんたく》の余地《よち》はないようだった。

眠気《ねむけ》を誘《さそ》う昼下がり。ヴォイス直々《じきじき》の先導《せんどう》でつれてこられたその場所は、商店街だった。

ヴォイスはこそこそと喫茶店《きっさてん》のテーブルの下に隠れながら、目標《もくひょう》をうかがう。

ライナとフェリスはその後ろにやる気なさげな表情でぼけっと立ったまま……

「……てーかおまえ……なんでテーブルの下なんかに隠れてんだよみっともない」

するとヴォイスは真面目《まじめ》な顔で、

「なにを言ってるんですか。これから目標《ターゲット》がこの商店街を通るという情報が入ってるんです。ライナさんたちも早く隠れてください。まったく緊張感《きんちょうかん》の足《た》りない」

「ってか、これからなにするかも聞かされてないのに、緊張感もくそもないと思うんだが……まあ、盗賊を倒《たお》した俺らの力を見込んでとか言ってたから、そういう仕事なんだろうけど……」

とそこまでライナが言ったところで、

「きましたよ！　あれです。あの子です!?」

ヴォイスが叫んだ。それにライナは気《け》だるげな視線を商店街に向けて……

「………って⁉　あいつは⁉」

瞬間、ライナの体が高速で動いた。フェリスの体を引き寄せ、そのまま一気にヴォイスのいるテーブルの下に隠れ、

「お、お、おまえなんてもんを目標《ターゲット》にしてんだよ⁉　あいつがなにもんだか知ってんのか⁉　いったいあいつに対して俺たちになにしろってんだ……」

と、ぶるぶる震えながら商店街にいるモノをうかがう。

そこには、四人の男たちを従《したが》えた、一人の少女がいた。亜麻色《あまいろ》のポニーテールに、かわいらしい童顔《どうがん》。両手にはわた菓子《がし》をたずさえており、異常なほどきらきらと輝《かがや》くまんまるの瞳と、元気が炸裂《さくれつ》した笑顔《えがお》で、

「ねえルークルーク！　なにこれなにこれ、私ってばこんなの食べたの初めて⁉　ふわふわしてるし！　おいしいし！」

わた菓子ごときで世界がひっくり返るほどの喜びを叫んでいた。するとそのかたわらで、優しげな微笑《ほほえ》みを少女に向けている若いくせに白髪《はくはつ》の男が、

「よかったですねぇミルク隊長《たいちょう》。でも食べ終わったらちゃんと歯磨《はみが》きしなきゃだめなんですよ？」

「うん！　わかってる！」

うなずいて、もぐもぐと再《ふたた》び無邪気《むじゃき》にわた菓子にかぶりつくミルク。これで、彼女はライナたちを執拗《しつよう》に追いかけてきている『忌破《いみやぶ》り』追撃部隊《ついげきぶたい》というエリート部隊の隊長だというのだから、恐《おそ》ろしい……

が、それをヴォイスは見つめてうっとりと、

「ああ……あの巻《ま》き巻きポニーテール……なんて素敵《すてき》なんだ……」

なんてことを言う。それにライナは思わず、

「はぁ……？　ちょ、ちょっと待てよおい……おまえいったいなにを言いだし……」

「理想です。いったい、どうやってセットしているんでしょうか。素晴《すば》らしい出来栄《できば》えだ。ああ、ミルクさん。あなたこそフューレルル一族総帥《グループ》の妻《つま》に相応《ふさわ》しい……」

「は？　妻？　おまえなんの話をしてんだ？　ポニーテールごときで妻って……正気か？」

しかし、それにヴォイスは真顔で、

「なにを言ってるんですか。萌《も》えるポニーテール!!　これをおいて他に、結婚相手《けっこんあいて》を決める判断基準《はんだんきじゅん》があるというのですか!!」

「って、そ、そんな力強く言われても……」

とそこで今度は突然、ここぞとばかりにフェリスがライナの耳元に口を寄せてきて、

「ん。どうしたライナ。なにか不満なのか？　それともあれか？　かつて自分がボロクズ

のように捨てた女に迫《せま》る、男の影。そのとき、自分の中にあった本当の気持ちに気づき、思わず女に襲《おそ》いかか……」

「ってあおまえはうるさい！　いったいなんの話を作って解説してんだよ！」

「え？　かつて捨てたポニーテールっていったいなん……」

「ンな話誰もしてねぇだろうが!?　ってあもういちいち突《つ》っ込《こ》むの疲れる！　じゃとりあえずなんだ。俺らにどうしろってんだ？」

ライナが言うと、ヴォイスは一つうなずき、

「決まっているでしょう。あなたがたがミルクさんたちと知り合いだということは、すでに調べがついているのです。ここは当然、運命で結ばれた私とミルクさんの恋のキューピッド役に、あなたがたがなるべきなのは明白でしょう。もちろん結婚するとなれば、ミルクさんの父上、ルークさんへの挨拶《あいさつ》もかかせませんし。そんなこんなで、ミルクさんを説《せっ》得《とく》して私のもとまでつれてきて欲《ほ》しいと、そういうわけです」

「…………」

そんな、ヴォイスの説明を聞いて、ライナは言葉を失《うしな》った……しばらくそのまま沈黙《ちんもく》して……

「なんか俺、フューレル一族《グループ》の情報網《もう》ってのを激《はげ》しく信用できなくなってきたんだが……

おまえなに勘違《かんちが》いしてんだ？　俺らとあいつらの関係も、あのルークとかいうのがミルクの父親ってのもまったく勘違いして……」

が、そんな言葉は完全に無視されて……

「あ、じゃあ私は式場の手配《てはい》や親類に手紙をだすのに忙《いそが》しいので先に帰りますが、よろしくお願いしますね」

言って、さっさと立ち去ってしまうヴォイス。

続いてミルクたちのほうからは………

「さて、そろそろどこかで休んでいきましょうか」

「あそこの喫茶店なんかはどうですか。ジュースもきっとありますよ」

「え⁉　ジュース⁉　ほんと？　やったー」

なんて声が聞こえてきたりして……

「っておいおいウソだろ」

ライナは慌《あわ》てた。大急ぎでテーブルから離脱《りだつ》して逃《に》げようとして、しかし、

「あああああああああああらいなはっけえええええええええええええええん⁉」

「うあ……」

瞬間、後方からすさまじい勢《いきお》いの風圧《ふうあつ》がぶわっと迫ってくるのを感じ、

「やべぇ!?」

ライナはとっさにその場を退《しりぞ》く。

途端《とたん》、ドンガラガッシャーンっと喫茶店のテーブルをいくつもぶっとばして、ミルクが突っ込んできていた。

「って……イノシシかよ……」

それにフェリスが冷静な声音で、

「ん。むしろ隕石《いんせき》の一種だな」

「……破壊力《はかいりょく》はそれくらいあるかも……」

と、げんなりするライナの目の前では、破壊神がいままさに立ちあがってきていて……

ミルクはライナのほうを驚愕《きょうがく》の瞳で見つめて言ってきた。

「し、信じられない……私というものがありながら、またそんな美人なだけの女と喫茶店でデートしてるなんて……んもう！　今日という今日は絶対許《ゆる》さないんだからね！　ルーク、ラッハ、リーレ、ムー、結界《けっかい》の魔法張《まほうは》って。この喫茶店にあの浮気者《うわきもの》を封《ふう》じ込めて、まるごとおしおきしちゃいます！」

『はい！』

言って、一斉《いっせい》に魔法を唱《とな》え始めるミルクの部下たち。そしてミルクはといえば、目の前

て、

「さぁいっくわよー！　喫茶店ごと吹っ飛ばしちゃうんだからぁ！」

なんてことをやってる様子をライナは呆然《ぼうぜん》と見つめて、それから頭を抱えてうずくまっ
て、

「いつものことながら……どう思うあれ。喫茶店ごと吹っ飛ばすって無茶苦茶《むちゃくちゃ》な……」

「うむ。新しい恋を見つけた女が、汚《けが》らわしい過去《かこ》を消し去ろうとしているのだな」

「っておまえは……どうしてそういう発想になるかなぁ……まあいいや。んで、どうする。

結局《けっきょく》どちらにしたって、あいつ連《つ》れてかないと、俺ら毒で死んじゃうんだよな……」

「うむ。さっさと捕《と》らえて、あの子供に生贄《いけにえ》を捧《ささ》げるとするか」

「う……そういう言い方されるとちょっと罪悪感《ざいあくかん》が……ああまあでも仕方ないよな。命が
かかってるし……よし、んじゃやるぞ」

言って、ライナは動き出した。なにを考えているのか、広範囲《こうはんい》にわたる破壊をもたらす
恐ろしい魔法を発動しようとしていたミルクの眼前に一足跳《いっそくと》びに迫り——

瞬間、ミルクが魔法の構築《こうちく》を止めた。そのまま迫ってきたライナにあたふたして、

「え!?　あの!?　んと!?　そ、そんないまさら近づいてきて『好きだよ』とか言っても、
もう遅《おそ》いんだからね！　って、あ、か、顔が笑ってたって、よ、喜んでるわけじゃないん

だもん！　えっとだからだから……」

が、彼女の言葉はそこまでだった。ライナは優しく、なるべく相手に負担《ふたん》がかからないように手刀《しゅとう》を軽《かる》く振り上げて、

「ほい」

ミルクの首筋《くびすじ》にうちこんだ。それで、

「あう……」

あっさりミルクは意識《いしき》を失って、ライナの腕《うで》の中へと倒れ込んでくる。

それを見てルークたちが、

『た、たいちょおおおおおおおお!?』

騒然《そうぜん》とするが、自分たちが張った結界のせいで、喫茶店に入ることができない。

まあ、そんな間抜《まぬ》けな彼らは無視して、ライナは一つうなずくと、

「んじゃ、ヴォイスんところにいくか」

するとそれにフェリスはうなずいて、

「うむ。なるほどな。自分のことを一度信じさせておいて裏切るとは。本物の外道《げどう》だな」

「って……あう……」

その言葉に、今回は若干《じゃっかん》の負《お》い目《め》があるせいか、ライナは反論できなかった。

さらに喫茶店の外からは引き続き、

『た、隊長がさらわれるううううう!?』

と、切羽詰《せっぱつま》った叫びが聞こえてきており、そこにフェリスがわざわざ悲しげな表情になって、

「すまないな。清らかな天の遣《つか》いである私でさえ、この炸裂《さくれつ》する変質幼女暴行魔《へんしつようじょぼうこうま》の凶行《きょうこう》は防《ふせ》ぐことができないのだ……ここは自然災害《さいがい》の一つだと思って、あきらめてくれ」

「うう……だからなんでそういうことを」

「思えばその女の人生も憐《あわ》れなものだったな。幼《おさな》くしてひどい男に引っかかり、ボロクズのように捨てられ……それでもあきらめきれずに追いかけてきてみたら再び裏切られ、別の男への生贄にされるとは」

「あうあうあうあう……」

そんなフェリスの言葉に胸をグサグサ刺《さ》されて……ライナは再起不能になりながらも、

「って……んじゃどうすんだよ！　毒で死ぬかもしんねぇんだぞ？　おまえだって俺と同じ外道だろうが」

が、フェリスは完全に開き直った態度で、一言。

「いや、美人だ」

「やかましいわ！　ああもういくぞ。こっからが一番めんどくせえんだからさ。こいつをヴォイスに渡《わた》して、解毒薬パクったらすぐにこいつを奪《うば》い返して……」

するとフェリスはうなずいて、

「そうだな。毒が効《き》いてくるまであと一時間ほど……おまえをいじめて遊ぶのもこのへんでお開きか」

「って、遊んでたのかよ⁉」

なんてことを言いながら、二人は結界をあっさり解除《かいじょ》して、その場を立ち去っていく。

その背中を追うようにして、

『た、隊長が誘拐《ゆうかい》されたあああああ⁉』

なんて悲鳴があがったが……

それに同情してくれるものなど、この国には誰もいなかった……

場所は変わって再びＶＩＰ室《ルーム》とやらに、ライナたちは通されていた。ふかふかのソファで待つこと三十分。とそこで、やっと部屋《へや》の扉が開き、ヴォイスがにこやかな表情で現れた。やんわりとした口調で、

「やあ、お久しぶりですライナさん。どうかなさいました？」

その態度にライナは思わず、

「はぁ!?　ってか、どうかなさいましたじゃねえだろうが！　三十分も待たせやがって……毒が効くまでもうあと五分切ってんだよ。ほら、ミルク連れてきてやったから、さっさと解毒薬よこせ」

するとヴォイスはミルクを見て、それから、困ったなぁとばかりの表情になって、

「あれあれ、これは困りましたね。連れてきちゃったんですか。これだから時代の移《うつ》りかわりの読めない人は……」

なんてことを言ってくるヴォイスに……ライナは啞《あ》然《ぜん》として……

「は？　っておまえはいったいなにをのたまって……」

が、その言葉は、毎度のごとく完全に無視されて、ヴォイスが嬉《き》々《き》として語る。

「やはりいまのブームは眼鏡《めがね》っ娘《こ》ですよ！　フューレルー族《グループ》総帥の妻となれるのは眼鏡っ娘しかいません！　ねえ、ライナさんもそう思うでしょう？　さあ、はやく眼鏡の似合う美少女を連れてき……って、ライナさん？　あの、どうかなさいましたか？」

その問いかけに、いつのまにやら妙《みょう》に表情に陰《かげ》のかかった、暗い表情のライナが、口許《くちもと》だけに皮《ひ》肉《にく》げな疲れた笑みを浮《う》かべて、

「……なるほど。なるほどね。わかってきちゃったよ俺ってば……最初からこうしてれば

よかったんだ。あーなんか最近、フェリスのせいでがんばるくせとかついちゃってたからいけなかったのかなぁ……どうせもう強盗《ごうとう》とかやっちゃってるしさぁ……あははは」

なんていう、どこか不気味《ぶきみ》な乾《かわ》いた笑い声をあげるライナに、ヴォイスはたじろいで、

「って、ら、ライナさん、なんか、笑い声が、黒いですよ……」

「いんやー普通だよー全然。うふふふふ。さあ、じゃあもう決着をつけよーかー。フェリス。得意なのいっちゃって」

「ん」

瞬間、キュイン！　という、恐ろしい音が響《ひび》いたかと思うと……

ヴォイスが慌てた声音で言った。

「ああ！　いやー冗談《じょうだん》はともかく、依頼成功《せいこう》ご苦労さまでした。すぐに解毒薬をお持ちしますね。そして別室で、一つのジャンルにかぎり、全ての情報を提供させていただきますので。はい。あ、ミルクさんはきちんとお送りしておきますので。では、知りたい情報の門番号《ゲートナンバー》をお伝《つた》えください」

その言葉にライナたちはやっと落ちついて、

「ったく、最初っからそう言えってんだよな。……あー、んで、門番号《ゲートナンバー》？　俺たちが知りたいのは確《たし》か『史実』か、『都市伝説』だったと思うんだが……何番だったっけ？　パン

フレットちょっと持ってきてく……」

が、そこで突然フェリスが、

「三〇二二三八番門《ゲート》・『史実』だ」

「へ？　そうだっけ？　おまえよく覚《おぼ》えてるなぁ」

「当然だ。有能な剣士には、記憶力《きおくりょく》という要素《ようそ》も必要だからな」

なんていつになくまともなことを言うフェリスに、なんとなく感心しながらライナは、

「んじゃ、それで頼《たの》むわ」

なんの迷《まよ》いもなく、そう言ったのだった。


ちなみにしばらく後……

隣室《りんしつ》に用意された信じられない量の『うまいだんご屋』情報を目の前にして……

「……もうやだ……こんな生活……」

ライナがげんなりと解毒薬を飲む気力もなくなって、死にかけたという話は……

『信じられない間抜《まぬ》けな話』情報として、フューレル一族《グループ》に蓄《たくわ》えられたらしい。


（ぷりてぃ・がーる：おわり）

しんじけーと・うぉーず

「なんか、この国にきてからの俺《おれ》たちって、不毛《ふもう》だよなぁ……」

ライナ・リュートは、あいかわらずのやる気ない声音《こわね》で呟《つぶや》いていた。

黒髪《くろかみ》黒目、猫背《ねこぜ》の長身痩軀《そうく》。

気《け》だるげな体を引きずるように彼は、活気溢《あふ》れる街《まち》の中をいくあてもなく歩いている。

その隣《となり》では、なぜかだんご片手に歩いていた金髪《きんぱつ》の美女、フェリス・エリスが、やはりあいかわらずの無表情で、

「ふむ。そういう言い方をすると、いままでのおまえの人生が、あたかも有益《ゆうえき》なものであったかのように聞こえるな」

「って、何気《なにげ》に人の人生をまるごと否定《ひてい》すんなよ」

「別に否定はしていない。毎夜毎夜こりもせず路地裏《ろじうら》に潜《ひそ》んでは、女を襲《おそ》い続ける日々。そんな毎日を続けすぎたせいか、最近では色情狂《しきじょうきょう》の帝王《ていおう》と呼ばれるようになったそうじゃないか。すごいな。ついに王《シオン》と並《なら》んだな。継続《けいぞく》は力なりとは、よくも言ったものだ」

などとあることないこと――というより、ないことないこと淡々《たんたん》と並べてくる隣の相棒《あいぼう》をライナは半眼《はんがん》で見据《みす》えて、

「はぁ……やっぱ最近、不毛だよなぁ」

「うむ。それはおまえの人生のことか？」

「だぁから何気に俺の人生をまるごと……」

「しかしこのだんごはうまいな。イエットにもこんなうまいだんごがあるとは、不覚《ふかく》」

「って俺の話を聞いてんのかよ⁉」

「ん？　話を聞いて欲しかったのか？」

「いや……別にそれほどでも……」

そんな、不毛ないつもの昼下がり。

彼らの視界に黒い集団が突如《とつじょ》あらわれた。きちっとした黒スーツを着こんだ、ガタイのいい男五人組。そしてその中心には、綺麗《きれい》な黒髪に利発《りはつ》そうなつり気味《ぎみ》の黒い瞳《ひとみ》。そして巫女《みこ》の服のようなものを着こんだ一人の美しい少年が……その、十二、三歳《さい》ほどの外見にはそぐわない落ちついた口調《くちょう》で言う。

「しかし、どうしたものでしょうか。きっちりとお金を返してもらえなければ、慈善《じぜん》と友愛をモットーにしている私どもフューレル一族《グループ》としても、少々、困《こま》るのですが……」

それを見てライナが怪訝《けげん》そうに目を細めた。その少年の姿に、見覚《みおぼ》えがあったのだ。

このイエット共和国において、あらゆる『情報』を独占《どくせん》している、フューレル一族《グループ》の総《そう》帥《すい》、ヴォイス・フューレル。

「ってあいつ、こんなところでなに……」

が、ライナの言葉が終わる前に、ヴォイスが言葉を続けた。

ヴォイスが目で合図《あいず》すると、黒スーツの男たちが、一人の気弱そうな中年の男と、その足におびえた表情で抱《だ》きつく七、八歳くらいのかわいらしい女の子を取り囲《かこ》んで……

「どうしても、お金は返せないと言うんですか？」

それに、中年の男が困りきった表情で、

「で、でも、フューレル一族《グループ》は、俺に金を貸すときは、返すのはいつでもいいって……これは慈善活動だから、この金で気前よく娘《むすめ》さんの病気を治《なお》してあげてくださいって言ったじゃないですか！」

が、ヴォイスはそれに当然とばかりの表情で、

「建前《たてまえ》、という言葉はご存知《ぞんじ》でしょうか？」

なんてことを、あっさり言う。さらに、中年の男をさとすような、優《やさ》しい声音で、

「そうですね。もう少しくわしく説明すればこうなります。それほど親しくもない知人にあなたは街でばったり出会いました。しばらく談笑を交《か》わしたあと、やがて別れがきて、あなたはこう言います。『それでは、今度ぜひ、うちのほうにも遊びにきてくださいな。美味《おい》しい手料理を作りますから』。さて、次の機会にその知人は、本当にあなたの家に遊

びにきてしまいました。その知人は嬉《うれ》しそうにあなたの手料理を待っています。で——」

とそこで、ヴォイスの温和な表情が、急に凍《こお》りついたかのように冷たくなって、

「あなたは当然こう思う。『この野郎《やろう》本当に遊びにきやがった。ったく、馬鹿《ばか》そうににこにこなめたツラぁしやがって。てめえなんかに出してやる餌《えさ》はねぇんだよこのひょうろくだまが。建前って言葉を知らねぇのか』しかし気弱で優しいあなたは、とてもそんな本当の気持ちを言うことはできないので、その、鈍《にぶ》い知人の犠牲《ぎせい》になってしまうと——まあ、いま、私たちがおかれている状況《じょうきょう》はそんなところなんですが、ご理解いただけましたでしょうか？　あ、もちろん鈍い知人役があなたで、犠牲になっているのが私ですよ？」

なんてことを言うヴォイス。

それにライナは思わず……

「って、あいかわらずあいつ、微妙《びみょう》に嫌《いや》～なこと言うよな……」

まあそれはさておき。

中年の男がおびえた声音で、

「じゃ、じゃあいったいどうすりゃいいって言うんだ。お、俺たちにはもう、金はないぞ。娘の病気を治すのに、全部使っちまった」

「ふむ。それで、私のお金を湯水のように使って、娘さんの病気は治ったのですか？」

「ああ。やっと完治《かんち》したんだ。そ、そのことでは、あんたには感謝《かんしゃ》の言葉も——」

しかし、ヴォイスは男の言葉を最後まで言わせずににっこり笑って、

「いえいえ感謝の言葉など……何度も言いますが、我々フューレル一族《グループ》は慈善と友愛をモットーとした心ある組織《そしき》ですからね。組織の総帥として、当然のことをしたまでです」

「え？　じゃあやっぱりお金は返さなくて」

その言葉に、ヴォイスはうなずいて、

「もちろんです。そのかわり娘さんをいただいていきます。最近では、それくらいの年齢《ねんれい》の娘さんを買いたいなどと言う変質的な連中がたくさんいますからね、借金《しゃっきん》なんてあっという間にチャラですよ。いやぁ本当によかったですね。まあ、最初っからこれが狙《ねら》いだったんですが……じゃ、そういうことで」

すると、黒スーツの男たちが中年の男から女の子を引き離《はな》して、

「きゃあ。お父《とう》さーん!?」

「待ってくれ!?　娘だけは、娘だけはぁ!?」

「ああ、そんな心配しなくても大丈夫《だいじょうぶ》ですよ。死体になったらちゃんとお返ししますから、ご安心ください」

そんな、あまりの光景に、

「っておいおい、無茶苦茶《むちゃくちゃ》言ってんなぁ」

ライナが思わず突《つ》っ込《こ》むと、ヴォイスがこちらを振《ふ》り向いて……

「………」

それからすぐさまライナから視線をそらし、急ににこやかな表情になった。そして、

「いやぁしかし、この娘さんがこんなに元気になるとは……私も大変嬉しいです。え？　お金？　いえいえ、慈善と友愛をモットーにした私たちフューレル一族《グループ》が、お金なんて要求するわけがないじゃないですか。では、娘さんともども、お幸《しあわ》せに……」

とそこで、もう一度振り向いてきて、

「って、そこにいるのはライナさんとフェリスさんじゃないですか！　偶然《ぐうぜん》だなぁ。あ、いまの見られちゃいましたか？　照《て》れちゃいますね。私は困ってる人を見るとほっとけないたちなんですよ。なにせ、慈善と友愛ですからね」

そんなことを言ってくるヴォイスに、ライナは疲《つか》れた表情で、

「ってか……おまえ絶対《ぜったい》、慈善と友愛って言葉の意味、わかってねぇだろ……」

瞬間《しゅんかん》、ヴォイスがきょとんとした表情になって、

「え……？　慈善と友愛なんて言葉に、意味なんかあったんですか？」

「おいおい」

「と、いう、冗談《じょうだん》はともかく」

「うそつけ！　いままじの表情だったじゃねぇかよ！」

「まあまあ落ちついてライナさん」

と、ヴォイスがなだめてくる。

続いてフェリスが、

「ん。そうだぞライナ。こいつ相手に興奮するのはまずい。未成年者を襲うなんてことをすれば、すぐにでも刑務所《けいむしょ》――」

「そっちの興奮かよ!?……ってああもう、まあとりあえずそれはいいや。でも確《たし》かに、こいつにかかわりあいになると、ロクなことないからな……んじゃ、そういうわけだからヴォイス。またな」

と、さっさとヴォイスに背《せ》を向けて歩き出そうとする二人。が――

「あ、ちょっと待ってください。実は、今度こそ、コーク・クローク盗賊団《とうぞくだん》を一夜にして、それもたった二人で壊滅《かいめつ》させた力を見込んで、依頼《いらい》がしたいのです」

しかしライナはそれに振り向きもせず、

「やだ。だいたいおまえとかかわるとロクなことにならな……」

「もちろん報酬《ほうしゅう》ははずみます。このあいだは『うまいだんご屋』情報のみの提供《ていきょう》でしたが、今度の依頼が成功したあかつきには、あなたがたが欲しがっている情報を全《すべ》て提供させていただきます」

「っておまえ俺の話聞いてるか？　だから俺はおまえらとはもうかかわりあいに……」

とそこで、今度はフェリスがライナの言葉を遮《さえぎ》って、

「ふむ。それはだんごによく合ううまい茶屋の情報も無料で提供されるということか？」

「はい、もちろんです」

「ん。ライナ、そういうわけだ」

「ってどういうわけだよ!?」

「では、さっそく依頼の件についてなんですが……」

「おまえも勝手に依頼の話をはじめん――」

瞬間、フェリスの手からいつものとおりに高速で剣《けん》が放たれて、そしてやはりいつものとおりに、ライナは疲れきった表情で……

「はぁ……なんか死にたくなってきた……」

そうしてヴォイスの依頼の話がはじまったのだった。


場所を近くの喫茶店《きっさてん》に移《うつ》して。

ヴォイスが真剣《しんけん》な表情で、

「依頼というのは他でもありません。現在、世界は、滅亡《めつぼう》にかかわる大変な危機に陥《おちい》っているのです」

なんて、大仰《おおぎょう》な言葉で切り出した。

が、ライナは興味《きょうみ》なさそうな顔で、

「世界の滅亡ねぇ……嘘《うそ》くせぇなぁ」

もちろんいつもどおり、ヴォイスはライナのその言葉を無視して、

「とりあえず説明しますと、前にも話したとおり、ここイエット共和国では、国がなにもしないかわりに、各分野を独占《どくせん》、統制している組織が存在しています。例《たと》えば運送業ならこの組織、賭博《とばく》ならこの組織という具合で。そして私たち、慈善と友愛をモットーとしたフューレル一族《グループ》は、ご存知《ぞんじ》の通り、あらゆる『情報』を扱《あつか》わせていただいているわけなんですが……その扱っている商品の性質上、こういってはなんですが……」

それにライナはうなずいて、

「ああ、イエットの中でも、かなりでかい組織だと言いたいんだろう？　結局のところ、兵力や組織力なんかよりも、情報を持ってる奴《やつ》が一番強いからな」

「そうなんです。私たちがこの国のトップ組織であること、そしてトップであるからには、

誰《だれ》に対しても平等に慈善と友愛を――」

「ああもう、平気で麻薬《まやく》を売りさばいたり、女の子をいかがわしいところに売ろうとするようなおまえらの建前はいいから。で、本題はなんなんだよ」

と、ライナがうんざりしながら言うと、ヴォイスは神妙《しんみょう》な表情でうなずいて、

「その、私たちフューレル一族《グループ》と肩《かた》を並べる大きな組織が、このイエットにはもう一つあるんです」

「ほう。んで、そこはなにをとり扱ってるんだ？」

「……全てです。全てのジャンルにわたって手を出してくる。だからこそその組織は、イエット共和国のあらゆる組織から敵視《てきし》されています。まあ、あえて言うならば詐欺《さぎ》を専門とした組織と言ったほうがいいでしょうか？　あいつらが扱うのは嘘という商品です。奴らは私たちとは違《ちが》い、金のためならどんなこともする、悪辣《あくらつ》な組織なのです」

「って、どんなに悪い奴らでも、おまえから悪辣なんて言われたくないだろうけどな」

と、ライナが突っ込んだところで、フェリスが、

「うむ。だが夜の帝王婦女暴行魔《ふじょぼうこうま》のおまえがそれを言うのだからお互《たが》いさまという……」

「俺をこいつらと一緒《いっしょ》にすんじゃねぇよ！」

「ん？　犯罪者《はんざいしゃ》には犯罪者なりの歪《ゆが》んだプライドが――」

「歪んだ言うな！　ってもう、おまえがでてくると話がめんどうになるからちょっと黙《だま》ってろ。で、なんだっけ……話の続きは……」

するとヴォイスが拳《こぶし》を握《にぎ》り締《し》めて、

「ですから、世界の滅亡がかかっているのです！」

が、ライナは眉間《みけん》にしわをよせて、

「んぁ～……そんなたいそうな話じゃなかったような気がするが……んで？」

「はい。その、凶悪《きょうあく》な組織は、しかし、いままでは、わりと静かだったんです。というのも、ここ数年、組織の頭目《とうもく》がイエットを離《はな》れ、諸国《しょこく》を巡《めぐ》っていたために、組織の活動が休止されていたからなんですけど……

ですが、その頭目がつい先日、イエットに帰ってきてしまったのです!!」

と、熱く語るヴォイスとは対照的《たいしょうてき》に、ライナはまったく興味のなさそうな疲れた声で、

「へぇ、そりゃ大変だね。ああ大変だぁ……で？　俺らにどうしろと？」

するとヴォイスは神妙な顔になって、

「どうしろって……そんなの決まってるじゃないですか。これほどの災厄《さいやく》を振りまく、凶悪組織が再び復活し、民《たみ》が苦しめられようとしているのを、私は黙って見ているわけにはいきません。慈善と友愛の精神をもって、成敗《せいばい》せねば！」

「いや、俺的には、そのまえにおまえらが成敗されたほうがいいんじゃないかと思うってのはどうせ、聞いてもらえ……」

という言葉さえ言い切る前に、ヴォイスがあっさり遮《さえぎ》って、

「しかし争いを好まない私たちには、あの強大な力を持った頭目を倒《たお》すことはかなわない。そこで、あなたがたに頭目の捕《ほ》縛《ばく》を依頼したいのです。いかがでしょうか？」

「いや……いかがでしょうかって言われても、俺ははなから乗り気じゃないんだけど……こいつが……」

と、ライナが隣にいる無表情な美女をうかがう。すると、

「うむ。引き受けよう。そのかわり、『うまい茶屋』情報だけでなく、今度は『イエット茶の湯の歴史』情報も見せてもらうぞ」

それにライナは半眼で、

「んなもんにも興味があんのかよ……んで、おまえはすでにだんご以外に俺らの任務《にんむ》に関係するものには興味ないのか？」

問いかけると、なぜかフェリスがライナの顔を見つめ、それからしばらく無言でなにか考えるような表情になったあと、

「ああ、そうだった。もちろんそれもだ」

「あ！　あ！　てめえ、いま忘《わす》れてたろ？　ったく、こんなんでちゃんと任務を……」

そこまで言ってから、なぜかライナが絶望《ぜつぼう》したような表情で頭を抱《かか》えて、

「ってそうじゃなーい！　なに『まじめに任務こなそうぜ！』的発言を俺はさせられてんだ⁉　俺はこんな任務なんかほっぽりだして、昼寝しながら老後をゆったりと過ごそう的な奴じゃないのか？　違うのか？」

「ん。そして夜は女を襲って……」

「だから違うって言ってんだろうが！　ってわかった。よし引き受けた。そんでもってさっさとここで情報を聞き出して、すぐにこの街を発《た》つぞ。ここは危険《きけん》だ。こいつら相手にしてると、なんか俺が『がんばらなくっちゃ！』的な役をやらなきゃなんなくなるし……」

するとヴォイスがにっこり笑って、

「では引き受けてくれますか！　さすが慈善と友愛を信条《しんじょう》とするライナさんですね！」

その言葉に、ライナはがくんと脱力《だつりょく》して、

「はぁ……なんかまじで俺も、慈善と友愛って、どんな意味なのかわかんなくなってきたわ……」

呟《つぶや》いたのだった。

時間は少し戻《もど》って、朝。

場所は港の盛《さか》り場《ば》。

ミルク・カラードは誘拐《ゆうかい》されたあげく、なぜか昨晩《さくばん》、街角のゴミ捨て場に投げ捨てられていたのをルークたちに発見されたばかりという状況なのにもかかわらず、

「ねえねえルーク！ ルーク！ あの人なんだろ？ なんかすっごい綺麗《きれい》な石売ってるよ！ 見に行ってみようよ！」

元気全開だった。亜麻色《あまいろ》のポニーテールに愛らしい童顔《どうがん》。まだ十六歳の彼女は、新しいものを見つけたら、すぐに飛びついていきたくなるようなお子様——もとい純粋《じゅんすい》な性格だった……が……

「あ、あ、ミルク隊長！ だめですよ私から離れちゃ。まったく、一度はあの男に誘拐されたんですから……女の子の一人歩きは危険なんです！ それを理解してください！」

と、ルークがミルクを引きとめ、ぴったりと守るようにそばに寄《よ》る。さらにそのまわりには、警戒《けいかい》した表情で彼女の部下たち、ラッハ、リーレ、ムーがよりそって、

「そうですよ隊長。昨日《きのう》はほんとに心配したんですから」

「そうですね。まさか、朝帰りになるとは」

「もう絶対だめですよ！　門限六時です！」

それにミルクはしょんぼりして、

「うう……ごめんなさい」

ちなみにこんな会話をする彼女たちは、ローランド帝国『忌破り《いみやぶ》』追撃部隊《ついげきぶたい》というエリート部隊の面々なのだが……

一度は隊長が誘拐されたにもかかわらず、門限だの朝帰りだのと悠長《ゆうちょう》なことを言ってるのはどういうわけだろう……

まあ、それはともかく。ルークたちが、まるで娘を守る厳格《げんかく》なお父《とう》さんのような険《けわ》しい表情で周囲を見回した先には、ミルクが言うとおり、奇妙《きみょう》な人物がいた。頭から全身を覆《おお》う、目立つ真紅《しんく》のローブに身を包《つつ》んだ女。彼女は地面の石を適当《てきとう》に拾《ひろ》い集めると、地面に布を敷《し》いたというだけの、質素《しっそ》な店先にその石を並べ、その石に筆《ふで》で色を塗《ぬ》っていく。別に趣向《しゅこう》が凝《こ》らされた模様《もよう》が描《えが》かれているというわけではなく、ただ色を塗ったというだけの石がそこに並べられており……ミルクたちがその前を通りかかろうとしたとき、

「むむ！　そなた、最近なにか、災難《さいなん》にでくわしたりはしなかったかえ？」

「ええ!?　なんでわかるの？」

ミルクがあっさり食いついた。

それにルークたちがため息《いき》をつくが、ローブの女はそんなことおかまいなしに、

「見えるのじゃ。そなたの後ろに死神《しにがみ》がついておる。このままでは、その娘さんの未来に、大きな災厄が起こるであろう。そうじゃな……たとえば悪い男がついてしまったり……」

「な⁉ それは本当ですか⁉」

今度はルークが食いつく……

続いてミルクが、

「え？ え？ 悪い男って、ライナ？ ライナのことかな？ わわわ、ど、どうしよう。ライナってば、やっぱり私との結婚《けっこん》の約束《やくそく》覚えててくれて……実はローランド帝国を飛び出し、『忌破り《いみやぶ》』になったのはわけがあるんだとか言っちゃったりするのかな？」

途端《とたん》、ミルク部隊は騒然《そうぜん》とした。ルーク、ラッハ、ムーが顔面を蒼白《そうはく》にして、

「な⁉ そ、それはだめですよ隊長⁉」

「あ、あんないつも寝ぼけてるような男、絶対許《ぜったいゆる》しませんからね！」

「ラッハの言うとおりです！ 絶対許せません‼」

ちなみにライナという男は、ローランド帝国外へ無断で逃亡《とうぼう》した『忌破り《いみやぶ》』であり、ミルクたちはそれを追いかけている部隊のはずなのだが……なにがどうなると、恋人ができたばかりの娘にうろたえる父親のような会話になるのだろうか……

それにリーレだけが冷静な表情で嘆息《たんそく》して、

「まあ、それはともかくとしても、困りましたね。たかが占《うらな》いですが、そうもはっきり、死神のせいで隊長に悪い虫がついてしまうだろうと言われると、後味《あとあじ》が悪いですし……ここは一つ、解決しておきましょうか」

その言葉にルークが驚《おどろ》いて、

「リーレ、解決できるのか？」

しかしリーレは首を振って、

「私にはできませんよ。でもどうせ、彼女は解決策を売りつけようとしているのでしょうから……大丈夫ですよね？　占い師さん」

すると、赤いローブの女は重々《おもおも》しくうなずいて、

「そのとおりじゃ。唯一《ゆいいつ》、わらわだけがその娘を救《すく》うことができる。どうじゃ、救いたいか？　それならば、わらわが調合した、死神払《ばら》いの御神酒《おみき》をわけてやってもいいぞ」

「で、それはいくらなんですか？」

「金などいらぬ。わらわの行いは、神の声に従《したが》ってしているだけ……死神につかれた少女をほうっておけるわけがなかろう。その証拠《しょうこ》に、娘、石を一つわけてやろう。このピンクの石は、恋愛成就《れんあいじょうじゅ》のお守りで、若い女たちには大変な人気じゃぞ」

と、石を差し出してくる。それにミルクはおおげさに驚いて、

「やったー！　見て見てみんな！　こんな綺麗な石もらっちゃった！」

ただピンクに塗ったというだけの石を嬉しそうに見せる。それにルークは優しげに笑って、

「よかったですね〜隊長」

「うん！」

なんて、どこかの幼稚園《ようちえん》のような会話はさておき、リーレが、

「で、その御神酒というのは？」

すると女はかたわらにおいてあった革製《かわ》のカバンから小さな、親指の先くらいの杯《さかずき》を五つと、そしてひょうたんを一つ取り出し……

「さあ、この死神払いの御神酒を飲むのじゃ。さすれば、おぬしらについておる不幸がすべて消え、幸福な未来が待っているじゃろう」

それにミルクたちは真剣《しんけん》な表情で杯を受け取る。ルークが言った。

「ほんとうに、なにからなにまでご親切にしていただいて……まさか無料《ただ》だとは……本当に、本物の占い師様だったんですね」

「いや、神の巫女《みこ》じゃ。それよりも、新たな災難にでくわすまえに、さっさと死神を払う

がよかろう。さあ、グイっといってくれ」

それにミルクたちはうなずいて、杯を一気にグイっと飲み干《ほ》した……途端！

「あ、あれ、ってなんか頭がぐるぐるして」

ミルクがその場にぱたりと倒れて意識《いしき》を失《うしな》う。続いてルークたちも……

「た、隊長…………き、貴様《きさま》、いったいなにを飲ませ……」

が、言葉はそこまでだった。にんまりと笑う赤いローブの女の目の前、ミルク部隊は全員、意識を失ってしまったのだった。


再び時間は戻って、昼下がり。

港の盛り場の一角には、信じられないほどたくさんの人が集まっていた。

ライナ、フェリス、ヴォイスは、その人波にまぎれて、それを眺める。

そこには、木で簡単《かんたん》に組まれた大きな台座が置かれており、集まった人々は、その台座へ向かって順番に並んでいる。台座の上には、一人の赤いローブを身にまとった女が立っており、やってくる人々の頭に手を掲《かか》げ、なにごとかをつぶやくと、人々はうやうやしく頭を下げる。その人々の様子《ようす》はどこか奇妙で、なんというか、危《あぶ》ない宗教《しゅうきょう》かなにかのような怪《あや》しさをかもしだしている。

　ヴォイスが真剣な声音でそれを指差し、

「あの、台座に乗っているローブの女が頭目です」

　その言葉に、ライナはげんなりした。

「なんか……おまえがすごいすごいって言ってたわりには……しょぼい感じがしないか？　確かにこの人出はすごいけど……あの舞台装置《ぶたいそうち》も、装飾《そうしょく》もなんもない、剝《む》き出しの木製だし……ほんとにあんなのが……」

　が、ヴォイスはあくまで真顔《まがお》のままで、

「あいつらをなめてはいけませんよライナさん。それに、フェリスさんも」

　するとそれに、フェリスが重々しくうなずいて、

「うむ。そうだな。こういった露天《ろてん》で売られているだんごも、なかなかの味なのだな。いささかあなどっていたようだ。やはりだんごの道は奥が深い」

　と、手に持った大量に餡《あん》の乗っただんごにかぷりと口をつける。それにヴォイスが、

「でしょう？　ですから、奴らをなめちゃいけないって言ってるんです」

「ん」

「っておまえら、まさかそれで会話になってるつもりなのか？」

　さらに脱力して、ライナが言うが、

「へ？　なんのことですか？」

「ん。だんごならおまえの分はないぞ？」

彼らには最初から、ライナの言葉なんて通じてないらしい……彼はもう、どこか達観《たっかん》したような、疲れた口調で、

「……………いや、もう……いいんだ。慣《な》れたし……で、なんだっけ？　話の続き」

するとヴォイスが思い出したように手を打って、

「あ、そうでした。ですから、あいつらがどれだけ恐《おそ》ろしいかという話です。あいつらのことは今朝《けさ》から監視《かんし》させていたのですが、報告では、あの女は数時間前まで、道端《みちばた》で拾った石を売りつけるなんていう、とても商売にならないような方法で客をとっていたのです。それがいまはどうですか。たった数時間であれだけの信奉者《しんぽうしゃ》たちに祀《まつ》り上げられ、あの行列……このスピードでいけば数日後には世界を征服《せいふく》してしまうかもしれないのです⁉　なんて恐ろしいんだ！」

「おいおい。世界征服って……さすがにそりゃないだろ。まあ、でも確かに数時間であの人気ってのはすごいな……あんなに簡単に人を集められたら、すぐに巨大《きょだい》な組織ができちゃうだろうし、フューレルー族《グループ》としても、ほうっておけないってとこか？」

「もちろんです！　民が苦しめられ、世界が滅《ほろ》ぼされるのを黙って見ているわけにはいき

ませんからね。ですから、そうなるまえに、あの女頭目を捕《と》らえてほしいのです」

「で、捕らえてきたら、今後おまえんとこの情報は、なんでも無料《タダ》で見せてもらえるんだよな？」

「はい。それだけ、あの恐ろしい女頭目には価値があるんです」

その言葉にライナはうなずいて、

「んじゃあ、しかたねぇえなぁ。ちょっと、いってみるか。いくぞ、フェリス」

「ん」

そうして、とりあえず二人は台座へと向かう順番待ちの行列に並んだのだった。


やがて彼らの順番がくると――

数人の男たちがライナたちを取り囲んで、

「神の巫女様が、そなたたちを占ってくださる。ありがたく思え」

それにライナは適当にあいづちをうって、

「はいはい。ありがとうございます」

気の無い声音で答えた。すると、

「では巫女様、よろしくお願いします」

男の言葉に答えて、上から下まで赤いローブに身を包んだ女が大仰《おおぎょう》にうなずいて、ライナたちの目の前に立ち上がった。そして——

「うむ。そなたら、なにか思い悩《なや》んでおるな？　わらわにはわかる。若い男女が二人してわらわのもとへ訪《おとず》れる理由は一つ。二人の相性《あいしょう》を占って欲しいのじゃな？」

それに、

「…………」

ライナは答えなかった。ただ頭を抱えて、

「って、この声とこの喋《しゃべ》り方って……」

そんなことを呆然《ぼうぜん》と呟く。しかしそんなライナのことはおかまいなしに女は続けるが、

「わかっておるわかっておる。できちゃった結婚をしてもいいのかどうか、悩んでおるのだな。なるほどそなたはそういう、どこか女にだらしない顔をしておる」

「って、おまえ微妙《びみょう》に失礼……」

が、今度はそれにフェリスがまじまじとライナを見つめてきて、

「むぅ。いつのまに私に……やはりおまえには喋るだけで女を妊娠《にんしん》させる特殊能力《とくしゅのうりょく》が」

「あるわけねぇだろ！　ってか、んなことより、この女頭目って、あいつ——」

しかしさらにそれも無視されて、女が言う。

「さらに未来を占えば、そこのだんごばかり食べている無表情女も、ちょっと美人なことを鼻《はな》にかけているやもしれぬが、すぐに上には上がいることを思いしらされるであろう。わらわのような、美の神の巫女——世界もひれ伏《ふ》す美貌《びぼう》の持ち主《ぬし》に出会ってしまったのだからな。さあ、中途半端《ちゅうとはんぱ》な美人は、さっさとこのうだつのあがらない、気だるげ万年昼寝男と結婚して、陽《ひ》のあたらないこぢんまりとした人生を送るがいいわ！」

と——そこで突然、フェリスの体から殺気《さっき》が噴《ふ》き出したように見えた……切れ長の美しい眼が、さらにすっと細まり……

「ふむ。ライナ。冗談は終わりだ。この勘違《かんちが》いの激しい女頭目を捕縛《ほばく》するぞ」

それにローブの女が、

「ふふ。ついに負けを認めたか万年だんご娘。このわらわの輝《かがや》くばかりの美貌にな！」

言って、ローブを脱《ぬ》ぎ捨《す》てる。するとそこに、見覚えのある姿が現れた。

全身を巫女装束《しょうぞく》に包んだ女……

大言を吐《は》くだけあって、フェリスに劣《おと》らないほどの、人間離《はな》れした美貌を持っている。艶《つや》やかな長い黒髪。多少つり目気味な魅力的《みりょくてき》な黒い瞳に、整《ととの》った容姿《ようし》。きめ細かな肌《はだ》。

年は見た目十六、七歳くらい。

そして、ライナはこの女を知っていた。

かつて二度、出会ったことがあるこの女は、そのたびに山の女神《めがみ》だの海神の娘だのと人々をだまくらかしては荒稼《あらかせ》ぎしていたのだが……今度は神の巫女らしい……

それが、詐欺師組織の頭目だったとは……

ライナはその女の名前を呼ぼうとして、

「エス……」

が、そんなところでも、彼の発言権は遮《さえぎ》られた――

「ついに姿をあらわしましたね!! 一代で巨大詐欺師組織を作り上げた女頭目、エステラ・フューレル!!」

いつのまにやら、すぐそばの物陰《ものかげ》に隠《かく》れていたヴォイスが、そう声をあげた。

それに……ライナは顔をしかめ、

「はぁ？ って、ちょっと待てよ。なんだそりゃ？ おいヴォイス。おまえいま、こいつのことフューレルって言わなかったか？」

「え？ 言いましたよ？ それがなにか？」

「いや、なにか？ じゃねぇよ。なんでこいつがフューレル……」

言いかけて、しかし、ライナはヴォイスの姿を見て、言葉を止めた。それからエステラのほうに目を向けてから――

「同じ黒髪につり気味の黒目……おまけに巫女装束……っておまえらまさか……」

それにヴォイスはあっさりうなずいて、

「はい。姉弟《きょうだい》ですよ？」

「ただの姉弟喧嘩《げんか》かぁ⁉」

ライナは思わず叫《さけ》んだ。

が、ヴォイスは首を振って、

「いえ、そんななまやさしいものじゃありません。エステラ姉《ねえ》さんは、フューレルの総帥だったおばあさまと対立すると……すぐに家を飛び出し、一人でフューレルに並ぶ巨大組織を作り上げてしまったのです」

「……だからそれも、ただの家出娘じゃ」

しかし、ヴォイスは深刻《しんこく》な表情で、

「ですからそんななまやさしいものじゃないと言ったでしょう。彼女はおばあさまの——仇《かたき》なのです……」

その言葉に、

「な⁉　まさかばあさんを殺したんじゃ」——

ライナは思わずエステラを見つめた。彼女はといえば、さっきからしきりにフェリスとにらみ合いを続けていたが……

　ヴォイスのその言葉に反応《はんのう》して、

「ふむ。してヴォイス。わらわが落とし穴《あな》に落とし、首だけ残して生き埋《う》めにしたおばあさまは、どうしておる？」

　するとヴォイスが、

「ああ、それはもちろん私が総帥になるのにあの口うるさいおばあさまは邪魔《じゃま》なので」

「っておい！　まだ掘《ほ》り返してないのか⁉」

「そんなまさか！　ちゃんと食事は定期的に運んでますから安心……」

「しねぇよ！　結局掘り返してねぇんじゃねぇか。ったく『そんなまさか！』のまさかの意味がわかんねぇよ……」

　とそこで、エステラとヴォイスが口をそろえて、

『まあそんなどうでもいいことはさておき』

「どうでもよくねぇ！　って、ああ……また頭痛くなってきた……やっぱこいつの依頼なんか受けた俺が悪かったんだ。じゃあ、もう俺は帰るわ……迷惑《めいわく》姉弟喧嘩は勝手《かって》によそでやってくれ。じゃ、そういうことで」

　と、疲労《ひろう》しきった様子で歩き去ろうとするライナに、

「ふ。逃げるか。やはりわらわの美貌がまさっていたのじゃな。さあ、さっさと尻尾《しっぽ》を巻《ま》いて……」

それにライナは、さらに疲れた声音で、

「っておまえ、そういうこと言うからまた」

が、時はすでに遅《おそ》かった。ライナの襟首《えりくび》が後ろからぐいっとフェリスに引き寄せられ、

「貴様ごとき低レベルな美貌を相手に誰が逃げると?」

その言葉に、

「………またこの展開《てんかい》かよ………」

ライナは自分の最近の人生を呪《のろ》った……

そんな人生に疲れ果《は》てているライナをよそに、ヴォイスが、

「さあ、あの悪の権化《ごんげ》を捕らえてください！　そしてお姉さまもおばあさまと一緒《いっしょ》に生き埋めにして、飼《か》い殺しにしてやるのです！」

「だから俺を巻き込まないでく……」

さらにフェリスが、

「無論《むろん》だ。本当の美人の力というものを……その……あの……思い知らせて……」

「って言ってて途中《とちゅう》で恥《は》ずかしくなるなら言わなきゃ……」

それも遮ってエステラが、

「ふ。くるか。こんなこともあろうかと、わらわはすでに対万年無表情性格死亡娘＋その腰巾着《こしぎんちゃく》専用の最終兵器、伝説の悪魔《あくま》を手に入れてあるのじゃ。いでよ我《わ》がしもべたち！」

「誰か頼《たの》むから俺の話を聞いてくれよ……」

しかし、そんなかわいそうなライナにとどめをさすかのように……

エステラの声に答えて、五つの大きな袋《ふくろ》をかかえた屈強《くっきょう》な男たちがあらわれた……

そして——その袋を男たちが無造作《むぞうさ》にさかさまにふると、中から、人が転《ころ》がりだしてくる……見覚えのありまくる、五人組。

「って……」

それはミルクたちだった。ライナを『忌破り《いみやぶ》』だの結婚の約束しただのと言って、ある意味伝説の悪魔なんかを遥《はる》かに超《こ》えるしつこさで追いかけつづけてくるローランド帝国『忌破り《いみやぶ》』追撃部隊の面々……

「…………」

ライナはもう、言葉もなかった。フェリス、エステラ、ヴォイスに続いて、さらにミルクまであらわれてしまって……

「ああ、これは夢か？　夢オチとかそういうやつ？　それならきっとほっぺを引《ひ》っ張《ぱ》っても痛《いた》くないはずだよな」

言って、自分のほっぺたをつねってみて、

「あ、ほら痛くない。あは。よかったぁ夢で。そうだよな。そうそう世界の不幸《ふこう》が俺にばっか降《ふ》り注《そそ》ぐわけないもんな。じゃそんなわけで俺は寝るから誰も起こさないでくれよ」

と、ひりひりするほっぺを無視して、現実逃避《げんじつとうひ》をはじめる。当然、事態《じたい》はそんな彼を無視して進んでいくが……

ミルクが地面を転がって……

「う〜なんなの？　なんか、あの御神酒のせいで頭がぐらぐらするよぉ〜。体が火照《ほて》るし……すっごい体が変な感じ……」

続いてミルクの部下のリーレとかいう男が、

「くう。これはまずいですね。媚薬《びやく》と睡眠薬《すいみんやく》があの御神酒にまぜられていたようです……理性を保《たも》つのが、きつい。もし仮《かり》にこんなところにあの男がいたら、それこそ隊長は……」

それにルークが、

「そ、それはまず……」

そこまで言いかけたところで、ミルクが、

「う～水ないの？　頭がほえほえくなって……って……」

と、そこで地面に横になって、現実から目をそらそうとしているライナを見つけて……

「らいなあああああ見つけたあああぁ!?」

悪魔の声が響《ひび》き渡《わた》った。そしてすぐさま、大規模《だいきぼ》破壊《はかい》魔法《まほう》をなんの迷《まよ》いもなく編《あ》み始め、

「ああくそ！　って、だからおまえはなんでいつもそうなんだよ!?」

ライナの悲鳴。それにエステラが哄笑《こうしょう》をあげて、

「さあゆけ最終兵器！　美の神の巫女に逆《さか》らう脇役《わきやく》どもを蹴散《けち》らしてしま……って……」

瞬間《しゅんかん》、ミルクの魔法が炸裂《さくれつ》した。全方向にに向かって放たれるハタ迷惑な破壊の嵐《あらし》は、とりあえず一番そばにいたエステラやヴォイス、それにまわりのエステラ信奉者たち、さらにはルークたちまで吹き飛ばしていき……

嵐に巻かれて飛んでいくエステラの声が、

「むむぅ！　おのれだんご娘ぇ!?　不意打ちとは卑怯《ひきょう》な!?　しかし天地切り裂《さ》く神がかり的わらわの美貌に、次回まで恐怖《きょうふ》するがいいわ！」

なんてむなしい捨《す》て台詞《ぜりふ》を残して、どんどん遠ざかっていく。それにライナが半眼で、

「……『次回』ってなんだよ。俺的には、もうかかわりあいになりたくないんだが……」

するとフェリスはなぜか満足《まんぞく》げにうなずいて、

「ん。これであのエステラとかいう小娘のほうが脇役だったということが判明したな。最後に舞台に残っているのは、やはり主役格の美貌を持ったわた……」

しかし、そこで彼女の言葉が止まった。目の前で際限《さいげん》なく膨《ふく》れ上がる破壊の嵐が、無差別に周囲の人々を巻き込み、さらにはライナとフェリスのところにも迫《せま》りつつあって……

冷静な声音でフェリスが言った。

「残りの問題はあれだけだな。しかし、こんな問題を解決するのも、私にとっては造作《ぞうさ》もないことだ」

「へ？ って、おまえ、ミルクの魔法、解除《キャンセル》できるってのか？ 魔法使えないのに？」

それにフェリスはあっさりうなずいて、

「うむ。なにせ私は主役だからな」

「ってなんの話だよ。まあ、でも、俺がなんもしないでも事態が解決するなら楽でいいや。で、どうする？」

「ん。こうする」

瞬間、フェリスがなぜかライナの襟首をつかんだ。そしてそのまま、ものすごい力でライナを引き倒して、

「うわ!? って、ちょっと、なんだ!?」

しかし、抵抗《ていこう》する間もなく、そのまま彼は放り投げられてしまった。それも、嵐の中へと。それを見たミルクが、

「あ！　らいな見つけたあああああ⁉」

などとわけのわからないことを叫んでなぜか自分も嵐の中に飛び込んで……

「きゃあああああああああああああああ⁉」

悲鳴とともに吹き飛んでいくなんていう不条理《ふじょうり》な光景の中で、ライナはもう、疲れ切った表情で言った。

「あ〜、とりあえず言いたいのは、あれだな。なんていうか、俺的には、あんな女が主役の物語は……嫌《いや》だな……って、うわ、ミルク⁉　ぎゃあああああ⁉」

そしてライナの姿も、ミルクの姿も、嵐の中に消えたのだった……

ちなみに数時間後。

廃墟《はいきょ》と化した港の盛り場の一角で、ライナとミルクが仲良く重《かさ》なりあって気絶している横に、恋愛成就のピンクの石が転がっていたりしたのだが……

果《は》たして効果《こうか》があったのだろうか？

（しんじけーと・うぉーず：おわり）

すとれい・きゃっと

★一人目★

ライナ・リュートがそこを通りかかったとき、かすかな声があがった。

「んぁ？」

その声に、彼はいつものやる気なく緩《ゆる》んだ黒い瞳《ひとみ》を、そちらに向けてみる。

いまいち寝癖《ねぐせ》のついた黒髪《くろかみ》に、だらりと脱力《だつりょく》した気《け》だるい長身痩軀《そうく》。

その体を立ち止めて、ライナはふと、それを見つめた。

場所は港町の路地裏《ろじうら》。

人気《ひとけ》のあまりない通りの隅《すみ》に、小さな箱《はこ》が置かれており、そしてその中からもう一度、
例の声が聞こえてくる……

『にゃー』

「………………」

それにライナはしばらくぼけーっとその箱を眺《なが》めてから、

「いや、にゃーとか言われてもな……」

なんてことを言いつつ、その箱に近寄《ちかよ》ってみると、案《あん》の定《じょう》、そこにはネコが入っていた

りして……

小さなネコだった。

まだ子ネコだろう。

いまいちふらふらしている、か弱そうな小さな体を、ふわふわの綺麗《きれい》な毛皮が覆《おお》っている。

白、黒、茶が混《ま》じった、いわゆるミケネコというやつだ。

こんな小さな生き物が、怖《こわ》がることもなく、ライナのことをきらきらとした、くりくりの目できょとんと見あげてきていて、

『にゃー？』

「だからにゃーとか言っても意味わかん……ああ、あれか？　食い物が欲《ほ》しいってことか？　んーと、なんかあったかな……」

と、ごそごそと懐《ふところ》を探《さぐ》ってから、

「ねーや。悪いな」

ライナはあっさり言った。

それでも子ネコは媚《こ》びるように、

『にゃーにゃー』

「いやだから、ねーって言ってんだろうが。ったく……」

なんてことを言っても、ネコに通じるとは思えないが……

それでもライナは喋《しゃべ》り続ける。

いや、それどころか……

「ってか……気楽でいいなぁおまえは。『にゃー』とか言ってりゃかわいいから飯もらえるだろうし、あとは飯もらって、食って、寝て、食って、寝てりゃいいんだもんなぁ……昼寝し放題だよなぁ」

それから彼は、どかっとネコが入っている箱の横に座《すわ》りこんでため息《いき》をつくと、

「おまえ、知ってるか？　最近の俺《おれ》の人生、ひどくってさぁ〜」

『にゃー？』

「そうなんだよ。無表情迷惑破壊娘《めいわくはかいむすめ》にはこきつかわれるし、なんか俺と昔結婚《けっこん》の約束《やくそく》したーとか言って襲《おそ》いかかってくる暴走娘《ぼうそう》にはいつも殺されそうになるし……」

『にゃーにゃー』

「あ、同情してくれんの？　だろ？　ひどいだろ？　俺なんも悪いことしてないのになぁ……俺的には、毎日昼寝させてもらえれば、それだけでいいんだけど……別になんか大それた願いでもないと思うんだけどなぁ」

『にゃあ』

「ん？　だよな。昼寝はいいよな。おまえとは意見があいそうだ」

なんて、ネコ相手に疲《つか》れた表情でうんうんうなずく彼は、相当重症《じゅうしょう》のようだった……

よっぽど日頃《ひごろ》の生活に不満があるのだろう……

彼はぼへーっと空を見上げながら、

「あ～あ。このままここで、昼寝とかしたら……フェリスにまた殴《なぐ》られるんだろうなぁ～」

そう言ってから、こちらを不思議《ふしぎ》そうに見上げてくる子ネコを横目で見つめて、

「あ、フェリスってのは、さっき言った、無表情迷惑破壊娘のことな……こいつが俺に仕事しろ仕事しろってうるさくてさぁ……だからここにあんまり長居《ながい》してるわけにもいかないんだ……悪いな。もういかないと」

と、立ちあがる。

そこに、

『にゃー』

物欲しげな声が響《ひび》いて……

「いや、だから俺は食い物は持ってねぇって……」

言って、立ち去ろうとするライナの背後《はいご》からさらに、

『にゃーにゃー』

「うう……」

その小さい、かわいらしい鳴き声に、ライナは顔をしかめて、

「……あぁもうめんどくせえなぁ。わかったよ。食い物もってくりゃいいんだろ？　夜になったら夕飯持ってきてやるから、それで勘弁《かんべん》してくれ。ったく、最近はネコでさえ、人生相談に報酬《ほうしゅう》とんのかよ……」

なんてことを一人ぶつぶつ言いながら、その場を立ち去る彼は……

やはり重症のようだった……

★二人目★

フェリス・エリスは、絶世《ぜっせい》の美女だった。

日差しに輝《かがや》く、長い金色の髪《かみ》。切れ長の青い瞳《ひとみ》。異常に整《ととの》った容姿《ようし》。

スタイルのいい華奢《きゃしゃ》な体には、長剣《ちょうけん》が携《たずさ》えられており、手にはなぜか串《くし》だんご。

そしてやはりいつもの無表情な顔のまま、だんごにぱくぱくと口をつけつつ、彼女は港

町を歩いていた。

平和な昼下がり。

彼女は軽快《けいかい》な足取りで町をいく。

だんごを食べながら大通りを抜《ぬ》け、ナンパしてこようとする男たちをすれ違《ちが》いざまにあっさり殴《なぐ》り倒《たお》し、その懐《ふところ》から淡々《たんたん》と財布《さいふ》を抜いたりしながらだんごを食べ終わり、気の向くまま商店街に入ると、その商店街を抜けるころにはなぜか再び三本のだんごの串を手に持っていたりと……

「…………」

もう、彼女を止められるものなど、なにもなかった……

まあ、それはさておき。

商店街を抜け、そして彼女が宿をとっている区画へと抜けるのに近道な、路地裏に入ったときだった。

人気の少ない、その通りの隅から、かすかな声があがった。

『にゃー』

「ん？」

それに彼女は目を向ける。

とそこには、箱が一つ、置いてあった。

箱にはこう書かれている。

『この子ネコちゃんを、拾《ひろ》ってあげてください』

「捨てネコか」

一つつぶやいて、フェリスがだんごをぱくつきながら、その箱の横を通り過ぎようとしたとき、

『にゃー』

一匹《いっぴき》の子ネコが、箱から頭だけをちょこんとだし、鳴き声をあげた。

それに、

「む……」

フェリスが立ち止まる。

切れ長の青い瞳と、きらきらくりくりの、つぶらな瞳がしばらく見つめあって……

「……………」

どちらもじーっと、目線をそらさずに……

無言の時が流れた……

やがて。

フェリスがなぜか、顔を赤らめて……

「くう、やるな……いや、負けないぞ。そう、かわいさなど……この危険《きけん》な世の中を生きていくのにはなんの役にも立たないのだからな」

なんてことを、真顔でネコに言う。

彼女はさらに淡々と続けた。

「そう、この人生という荒波《あらなみ》を渡《わた》っていくのに必要なのは、かわいさではなく、知識《ちしき》だ。とりわけだんごについての知識。それがあるかないかで、勝ち組と負け組の差がでてくる。例《たと》えばだ、だんごはなにでできているのか、おまえは知っているか？」

それに、

『にゃー？』

とかわいく首をかしげる子ネコ。

フェリスはそれに真剣な表情でうなずいて、

「うむ。だんごというのは、穀物《こくもつ》の粉《こな》で作られた、だんご粉でできていてな、産地によって、微妙《びみょう》に弾力《だんりょく》や味が変わってくる。ローランド帝国《ていこく》での最近の主流は、セールズ地方で

作られただんご粉が多く使われているのだが……本当にうまいのはクォルス地方のだんご粉を使ったものだ。どちらの粉を使うか。それを知っているか知らないかで、客の入りは大幅《おおはば》に変わってきてしまう。おまけにクォルス地方のだんご粉は、セールズ地方のものより知名度が低いため、安いときている。これでは勝負の行方《ゆくえ》は見えたようなものだな。おまえが店を持つときは気をつけるといい」

『にゃーにゃー』

「ん？　いいだんご職人《しょくにん》の探《さが》し方か？　うむ。それは確かに難《むずか》しい問題だが……それもだんごマガジンの仲間募集欄《ぼしゅうらん》に投稿《とうこう》すれば問題ないだろう。ただ私としては、何人も職人を雇《やと》うのではなく、だんごの味がわかる旦那《だんな》を見つけて、お互《たが》いに試行錯誤《さくご》をしながら小ぢんまりとした店を持つというのが、一番の幸せだと……」

と、そこでなぜか再び顔を赤らめて、頭をうつむけると、

「いや、まあ私の夢はともかく……おまえとは話があうようだな。よし、今夜はだんごでも食べながら、今後のだんご業界の動向について話しあうとしよう。そうと決まれば、茶の用意をしなければならないな。だんごといえば、熱いお茶が基本だから。よし。では今夜また会おう」

言って、さっさとフェリスは立ち去っていってしまった。

後ろから子ネコが、

『にゃー』

小さく鳴いたのが聞こえた。

★三人目★

「ふんふふーん♪　ふんふふーん♪」

ミルク・カラードはあいかわらずご機嫌《きげん》で歩いていた。

亜麻色《あまいろ》のポニーテールに、くりくりお目目。愛らしい童顔をした十六歳《さい》の彼女は、しかし……こう見えても、ライナたちを追いかけている、ローランド帝国『忌破り《いみやぶ》』追撃部隊《ついげきぶたい》というエリート部隊の隊長だったりする……

彼女の周《まわ》りには、五人の部下が控《ひか》え、厳《きび》しい表情で周囲を常に警戒《けいかい》して……

とそこで。

「ああ!?　あれって!?」

ミルクが突然《とつぜん》走り出した。

彼女は煉瓦造《れんがづく》りの大きな建物が二つ並んだ、そのあいだの路地裏へと向かう。

それに部下たちは慌《あわ》てて、

「あ、あ、た、隊長！　急に走ったら危《あぶ》ないですよ!?　ああもう、転《ころ》んだりしたらどうするんですか！」

一度ミルクが誘拐《ゆうかい》されて以来、めっきり過保護《かほご》になった、部隊では最年長——といっても、まだ二十五だが——のルークが言った。

続いて、優《やさ》しげな顔をした、しかし引き締《し》まった体をしている、ミルクよりちょっと年上という感じのムーが走りだし、

「たいちょー！　なんかおもしろいものでも見つけたんですかー？」

さらにそれに続いて、ムーとほぼ同い年くらいの勝気そうな少年、ラッハが、

「ルーク先輩《せんぱい》。二人が羽目《はめ》を外《はず》し過ぎないように、追います！」

と言って走り出そうとするのを、横から落ちついた、二人の少年とは対照的《たいしょうてき》なクールな様子《ようす》のリーレが、

「そんなことを言って、あなたはこのあいだ、ミルク隊長と一緒《いっしょ》にムーとはしゃぎまわって失敗したでしょう？　今回は、私も一緒にいきます」

その言葉にラッハがぎくりと足を止めると、さらに追い討《う》ちをかけるようにルークが、

「そうだぞラッハ。もうあんなことになるのはごめんだからね。私もいきます」

「うう……はい」

ラッハはしょんぼりと肩《かた》を落とした。

そんなこんなでルークたちがミルクが向かった方向へ走り出そうとして……

しかし。

「あれ？」

すぐに足を止めた。

ミルクとムーは、すぐそばの、路地裏の真ん中あたりで止まっていたからだ。

二人はあまり綺麗《きれい》だとは言えない、路地裏の隅っこのところにかがみ込んで、そこに置いてある箱をのぞきこんでいた。

と——

ミルクはそのまま満面の笑みでルークのほうを振り返り、

「ねえねえルークルーク！　見て見て！　子ネコちゃん！　すっごいかわいいよ‼」

と、箱から小さなミケネコを取り出しながら手招《てまね》きしてきたりしていて……

それにルークは……

「うあ……」

顔をしかめた。

そんな間にも子ネコはひょこひょことミルクの腕《うで》の上を歩き、ぴょんと頭の上に乗ったりしてから、

『にゃー』

瞬間《しゅんかん》。

「か、かわいいっすね隊長！」

ラッハが思わず顔を緩《ゆる》ませて駆《か》けていく。

ミルクはそれににこにこして、

「でしょーでしょー！　にゃーにゃーにゃー」

と、頭にネコを乗せたまま、鳴きまねをしてその場をくるくるとはしゃぎまわる。

するとまるで言葉が通じてるかのように、

『にゃーにゃー』

「あは！　にゃにゃにゃーにゃーにゃー」

『にゃーにゃーにゃー』

精神《せいしん》レベルが近かったのか、もう、完全に意気投合したネコとミルクが楽しそうに会話する中で、なぜかムーがぎゅっと拳《こぶし》をにぎり、感動した表情で、

「す、すごい！　さすが隊長……まさか、ネコと喋《しゃべ》れるなんて……」

んなわけねぇだろ！　と突っ込むものは、もはや誰《だれ》もいなかった……

そんなミルク、ラッハ、ムーがはしゃいでる姿を少し離れた場所から、やはり難しい表情でルークは眺《なが》めていた。

目を細め、腕を組み、そして、

「うーん」

ひどく深刻《しんこく》そうに考え込む。

そんな彼に、リーレが横から、

「……まずいですね」

冷静な声音《こわね》で言った。

ルークはリーレの顔を見て、

「リーレもそう思うか？」

「はい。これは、いまだかつてない、大問題の発生です」

「……そ、そうだよな……どうしようか……もうすぐ、くるぞ。ど、どうする？」

「いえ、どうすると聞かれましても……どうしましょうか……」

いったい、彼らはなにを恐れているのだろうか……？

答えは……

すぐに現《あらわ》れた。

その現実は突如《とつじょ》、ルークに襲《おそ》いかかってきたのだ……

十分ほどミルクたちとネコがたわむれたあと……

ミルクが頭に子ネコを乗せたまま、パタパタと駆けてくる。

そして……

「えと、んと、その……」

「な、なんですか？　ミルク隊長」

そう、聞きつつも、もう、これからなにが起ころうとしているか、ルークにはわかっていた。

あれだ。あれなのだ。保護者《ほごしゃ》なら誰もが経験《けいけん》する、あれが待っているのだ。

と――

ミルクがルークを上目遣《うわめづか》いにかわいらしくじーっと見つめた。

おまけにミルクの頭の上に乗っていた子ネコまでも、やはり上目遣いに、それもまるで、捨てられたネコのような寂《さび》しげな目でルークを見つめてきた。

いや、捨てられたネコなんだけど。

そして……

ミルクが言った。

「ねえねえ、このネコちゃん、飼《か》っていい？」

やっぱり……

ルークは心の中でうめいた。

ついにこのときがきてしまったのだ。

ルークはおろおろとした表情でミルクの後ろにいたムーとラッハを見ると、この二人も、

『このかわいそうなネコちゃんを、飼っていいでしょ？』

みたいな表情をしていて……

「あう、裏切りものめ……」

小さくうめいて、今度はリーレを見た。

するとリーレは一つ、ため息をついてから、

「隊長。私たちは、いまとてもネコを飼うことができるような立場ではありませんよ？」

すると、急にミルクはかわいらしい瞳をうるませて、

「うう……でも、でもね、ネコちゃんが……」

『にゃーにゃー』

かわいい！　飼っていいよ！

思わずルークはそう言いそうになった。

確かに、動物とのふれあいは、子供の情操《じょうそう》教育にもいいと言われてるし、ミルク隊長のためにはなるかもしれないけど……

なんて言《い》い訳《わけ》が頭をめぐったりしたが、

「ああ、やっぱだめです!」

ルークはがんばった。

「ネコちゃんがいたら、泊まれない宿もでてくるでしょうし……」

「そ、外で寝るもん!?」

と、守るようにぎゅっと胸《むね》に抱《だ》きしめるミルク。

やっぱりかわいい……

なんて一瞬思ってから、頭をぶんぶん振《ふ》って、ルークは続けた。

「だ、だめですよ隊長。私たちの任務《にんむ》には危険《きけん》も多いんです。なにぶん他国ですからね。暴漢《ぼうかん》や盗賊《とうぞく》、はてはこの国の兵に襲われたりもしますし……」

「でもでも、私がミュミュを守るもん!」

「へ? ミュミュ? って……?」

「この子の名前! かわいいでしょう!」

「ああ、確かにかわい……じゃなくて！　あーえっとそのぉ……そ、それにですね隊長！　辛《つら》くて長い旅になるときもあります。食料が切れて、水も切れて……それでも進まなければならないときもある。そんなときに、まっさきに倒《たお》れるのは、そのか弱いネコちゃんですよ？　それでも連れてくというんですか？」

言いきった。

これで納得《なっとく》してくれなければ、もう、ミルクとネコちゃんコンビのかわいさに、ノックアウト寸前だった。

が、ミルクはなぜか、ショックを受けたような表情で、

「ね、ネコちゃん死んじゃうの？　そんなのやだぁああ!!」

片手をぶんぶん振りながら泣き出したりして、ルークたちはあわててそれをなだめて、

「いや、だから、連れていったら、危険だってことを言いたかったわけで、すぐ死ぬとかそういうことを言ってるわけじゃなくてですね……だから、ネコちゃんは連れてけないんです。隊長なら、わかってくれますよね？」

すると、ミルクは小さく、こくりとうなずいた。

それにルークは優しげににっこり笑って、

「えらい子です」

ミルクの頭をなでた。

ちなみに。

もう何度も言うが、彼らはローランド帝国『忌破り《いみやぶ》』追撃部隊というエリート部隊なのだが……彼らはいったい、なにをやっているのだろうか……？

謎《なぞ》は深まるばかりである。

★四人目★

夜。

輝《かがや》く星と、月の光を受けて、闇《やみ》の中でもその黒髪は艶《つや》やかに輝いていた。

美しい、少しつり気味の目。人間離れして整《ととの》っている容姿《ようし》。

おまけに出るところは出て、引き締まるところは引き締まっているスタイル抜群《ばつぐん》の体を巫《み》女装束《こしょうぞく》に包《つつ》み……夜の町を彼女、エステラ・フューレルは颯爽《さっそう》と歩……

とそこで、後ろから、

「てめぇ！　この金《きん》のお守りとかいうの、ただの鉄じゃねぇか！」

なんて怒鳴《どな》り声が聞こえたと同時に、

「ふふ！　だまされるおのれらが間抜《まぬ》けなのじゃ。わらわのような美しい月影《つきかげ》の女神《めがみ》を見ることができただけ、ありがたいと思え！」

颯爽と走っていた。

どうやら……今回は月影の女神という題材で、詐欺《さぎ》をやっているらしい……

まあそれはともかく。

ものすごい勢《いきお》いで夜の町を駆けぬける月影の女神に、誰も追いつくことができずに……

「はぁ、はぁ……ここまでくれば、もう、追いついてはこられないであろう。しょせんただの人間が、神が恐《おそ》れるほどの美貌《びぼう》に恵《めぐ》まれたわらわにかなうわけはないのじゃ」

と、そりかえって笑おうとしたとき、突然、いつのまにか入りこんでいた路地裏の片隅から、

『にゃー』

なんて声が聞こえてきて。

「にゃー？　なんじゃ？　わらわを褒《ほ》め称《たた》える新しい言葉か？」

エステラはそちらに目を向けた。

するとそこには一つの箱が置いてあって、そこには幼《おさな》い字で、こう書いてある。

『ミュミュです。よろしくね！』

そして、エステラを眺《なが》めるように、子ネコがひょいっと箱から顔を出しており。

それを見てエステラは一つうなずくと、

「ふむ。お主《ぬし》はミュミュというのか。で、なんのようじゃ？」

『にゃー』

「ん？　わらわに恵みをこうておるのか？　それならば、わらわを褒め称えよ。そしてお主の全財産を献金《けんきん》すれば、光り輝く幸福が舞《ま》い下《お》りるじゃろう。さあ、いくらもっているか言ってみるがいい」

『にゃー』

「うーん。にゃーじゃわからんな。まあよい。子ネコだしな。おまえから金を巻《ま》き上げても、たいした額にはなるまい。恵んでやるとするか」

と、彼女は懐から金貨を一枚取り出して、ちゃりんっと子ネコの前に放り投げる。

子ネコはそれをきょとんとした表情で見つめ、それから再びエステラを見つめて、

『にゃー？』

「うむうむ。それで好きなものを買うがよい。そしてネコ仲間《なかま》に言うのじゃぞ？　エステ

ラ様は美の化身《けしん》だ。あの方に尽《つ》くしておれば、なんの問題もないとな」

そんなことを言って、エステラは哄笑《こうしょう》をあげたのだった。


そこに突然。


妙《みょう》に抑揚《よくよう》の欠《か》ける、淡々とした聞き覚《おぼ》えのある声が響《ひび》いた。

「……なるほどな。夜、友達もいない勘違《かんちが》い娘は、ついにネコと会話をするほどまでに落ちぶれたか」

と——

その声を聞いた瞬間、エステラが弾《はじ》けたようにそちらを振り向く。

暗い路地裏。

そこには、一人の女が立っていた。

さらりと輝く金色の髪。

澄《す》んだ——しかし愛想《あいそう》のない青い瞳。

整った顔……

その顔には、見覚えがあった。

そう、奴《やつ》は……

「ぬぬ！　現れたな万年無表情だんご娘⁉　貴様こそ、こんなところでいったいなにをしておる！」

言って、エステラは鋭《するど》くフェリスをにらみつけた。

するとフェリスは、あいかわらずの無感情な声音で、

「ん。それはこちらのセリフだ。おまえこそ、私の茶のみ友達を相手に、なにをしている？」

「は？　茶のみ友達？」

その言葉に一瞬、エステラがきょとんとしてから、にやりと笑って、

「ふ。なにを言っておる。このネコは、たったいまから、美の化身エステラ・フューレル様の信者となったのじゃ。貴様ごときと茶など飲まんわ！」

すると、フェリスはゆったりとした視線でエステラを上から下まで見つめて、

「ほう。その程度《ていど》で、美の化身……か。それではそのネコも思わず私のほうへきてしまうな。なにせだんごの味がわかるネコだ。真実の美も知っていよう」

「ぬぬぬ！　言わせておけばどこまでもつけあがりおって！　ならば今度こそ勝負といこうではないか！　どちらの美貌が勝っているか、決着をつけようぞ！」

「ん。望むところだ」

と、強くにらみつけてくるエステラに、冷たい氷の視線でにらみかえすフェリス。

瞬間。

よく晴れた、星が綺麗な夜は……

急に険悪《けんあく》なムードに包まれた。

エステラがびしっとフェリスを指差して、

「さあ、いくぞだんご娘！　勝負は、あのネコが箱を出て、どちらの胸に飛び込んでくるか！　それで決める。よいな？」

それにフェリスは小さくうなずいて、

「ん。問題ない」

言って、子ネコから少し離れた場所で、フェリスは熱いお茶と、だんごの用意をはじめる。

そして。

「さあ、こい。今後のだんご業界について語りあおう」

なんてことを言うその表情は、負けることなどありえないという、自信に満ちたものだった。

一方エステラは、目の前に金、銀、銅貨をちゃりんちゃりんとばらまき、

「ふふふ。これだけあれば、お主が欲しいものなどなんでも買えるぞ。さあ、わらわのもとへきやれ」

やはりこちらも、自信満々。

二人が言う。

「ん」

「さあ」

鬼気《きき》迫《せま》る美女二人。

その雰囲気《ふんいき》を子ネコも感じ取ったのか、ぷるぷると震《ふる》え始めたりして……

とそこに、また別の方向から女——というよりも、女の子の声があがった。

「じゃーん！　ミュミュー。きたよー!?」

やはり聞き覚えのある、女の子の声。

そして現れたのは、亜麻色のポニーテール。愛らしい童顔。無邪気《むじゃき》な笑顔でネコじゃらしを振り回しながら駆けてくる少女が一人。

ミルク・カラードだった。

それを見て……エステラは震《ふる》えて……

「な……なぜあの、伝説の悪魔《あくま》がここにいるのじゃ……」

続いてフェリスもそちらを見て、

「ん」

目を細める。

と——彼女たちの存在に気付いたのか、ミルクもキッとこちらをにらみつけてきて、

「あ！　あー!!　なになに、なんであなたたちがここにいるの!?　ま、まさか。私のミュミュを奪《うば》う気じゃ……っていうか、美人なだけの女がここにいるってことは……ライナは!?　ライナはどこ？　あーもしかしてまたあなたたちだけで隠《かく》れんぼして、私を仲間外れにするつもりでしょ！　んもおおおお！　絶対許《ゆる》さないんだからね！　じゃあいきまーす！　求めるは雷鳴《らいめい》……」

なんてわけのわからないことを言って、すぐさま攻撃魔《こうげきま》法《ほう》を放つ態勢《たいせい》になる伝説の悪魔。

高速で魔《ま》方陣《ほうじん》を描《えが》き、ミルクの前で膨《ふく》れあがる、圧倒的《あっとうてき》ななにか。

それにさらにぷるぷる震える子ネコが、もう、かわいそうなほどだったが……

エステラがあわてて、

「ちょ、ちょっと待て伝説の悪魔！　いま、誰がそのネコに選ばれる、本当の美を持っているのかを競《きそ》っているのじゃ。邪魔《じゃま》をす……ぎゃあああああ!?」

言葉の途中《とちゅう》で、問答無用《もんどうむよう》で放たれる雷撃《らいげき》をすんでのところでかわすエステラ。

そんなエステラを完全に無視してミルクは、

「え？　それって、ミュミュを誰が飼うか決めるってこと？　それに勝ったら、ルークもミュミュ飼っていいって言うかな？　言うかな？　よおし！　そういうことなら勝負しよ！　ミルクがんばっちゃうんだから！」

勝手に納得して、ネコじゃらしを構える。

そうして今度こそ、世界でもっともくだらない、美を競う争いがはじまったのだった。

そんな光景《こうけい》を……

路地裏の入り口のところに身を潜《ひそ》ませて……

ライナは呆然《ぼうぜん》と見つめていた……

「…………ってか、なんでよりにもよって、あんな迷惑《めいわく》娘が三人も、ここに揃《そろ》ってんだ……？」

彼が見つめる先は、もう、地獄《じごく》と化していた。

フェリスが無表情のまま言う。湯気《ゆげ》の上がる、アツアツの湯のみを差し出しながら、

「さあこい。お茶もうまいぞ？」

いや、ネコは猫舌《ねこじた》だから飲めないだろ？

と、ライナは突っ込むことなどできるわけもなく……

子ネコはぷるぷると震えてる。

続いてエステラが、地面にちゃらちゃらと派手《はで》な音を立てながら硬貨《こうか》をばらまき、

「どうじゃ？　これでも足《た》りないか？　ではこれでどうじゃ？　金貨十枚！　これなら不足はあるまい！」

いや、ネコに小判《こばん》って言葉、知ってるか？

と、ライナが突っ込むことは……死を意味するだろう……

だってなんか……フェリスとエステラの周囲には、殺気とかが渦巻《うずま》きはじめちゃってるし……

ライナはごくりと、唾《つば》を飲みこんだ。

こころなしか子ネコも衰弱《すいじゃく》してきてるように見えたり……

とそこでミルクが、

「さあおいでー。ミュミュー。おもしろいよこれー！　おいでおいで！」

なんてことを言いながら、ネコじゃらしをぶんぶんと、もう、それにあたった瞬間、岩

でも砕《くだ》けてしまいそうな勢いで振《ふ》りまわしてたりして……

「…………」

もう、それについては、言葉もなかった。

強烈《きょうれつ》な殺気にあてられて、ネコも痙攣《けいれん》してるし……

「お、俺、やっぱ今夜は帰……」

が、ときすでに遅《おそ》し……

ミルクが言った。

「あ、じゃあミュミュ！ こんなおもちゃより、もっとおもしろいもの見せてあげるね！」

「な！ 魔法で気を引くとは卑怯《ひきょう》な！ ならばわらわも！」

求めるは……」

「…………ふむ。ところで二人とも、なぜその魔法を私に向ける？ 私に勝負を挑《いど》もうというのか？ よかろう。私のだんごへの情熱を、甘くみるな」

『にゃ、にゃ、ふぎゃあああ⁉』

直後。

路地裏は、あっという間に惨劇《さんげき》の舞台《ぶたい》と化したのだった……

しばらく後。

炎《ほのお》と水圧《すいあつ》、そして斬撃《ざんげき》の魔の手から、からくも逃げのびた子ネコは、別の路地裏の片隅で、ぶるぶると震《ふる》えていた……

それを見つけて……

「あーおまえ、よくあの悪魔三人から、逃げのびたなぁ〜」

ライナは疲《つか》れ切った声音で言いながら、近づいていった。

それに子ネコが、

『にゃー？』

どこかおびえた目で、彼を見上げてくる。

それにライナはうなずいて、

「まあ……おまえも意外と、大変なのかもなぁ……」

と、持っていた、宿の調理場からもらってきた残飯《ざんぱん》を地面においた。

すると子ネコは、勢いよくそれに飛びついて……

「ああ、やっぱ腹減《へ》ってたんだな。結局、俺以外、だーれも食い物くれなかったもんなぁ」

『にゃー』

がつがつと食事に忙《いそが》しい子ネコを眺めながら、その横にどかっと腰《こし》を下ろすと、ライナは星空を見上げて伸《の》びをした。

とそのとき。

どこか遠くで、
ドガアアアアアアアアアン！

という、なにかが爆発《ばくはつ》するような音が聞こえたような気が……というより、確実《かくじつ》に聞こえたけれども……

それを無視してライナはため息を一ついて、

「ま、それ食べながら俺の愚痴《ぐち》でも聞いてくれよ」

『にゃ？』

その声に反応《はんのう》して、子ネコが顔をあげた瞬間。

ドゴオオオオオオオオオオン！

きゃあああああああああああ！

おのれ負けるかあああああああ！

などなど、なんか切羽《せっぱ》詰《つま》った叫《さけ》びや爆発音が夜の町に轟《とどろ》くが……

やはりライナはそれを無視して、

「いやぁ。今日は静かな夜だなぁ」

グワシャアアアアアアアアア！

「うう。聞こえない聞こえない」

ボグオワァワアアアアアアアアアン！

「ってなにすりゃそんな音が鳴るんだよ！……いや、気にしちゃだめだぞ俺！　気にしたら負けだ。よ、よし。あんな危険な音は無視して、とりあえず俺の話を聞いてくれよ」

『にゃあ？』

「ああ、聞いてくれんのか？　うん……そうなんだよ……なんかさぁ……最近の俺の人生……ほんとひどくてさぁ……俺は昼寝してたいだけだってのに、あいつらがいっつも邪魔《じゃま》ばっかしてきてさぁ……」

ぼけーっと夜空を眺めながら、ライナはぶつぶつと愚痴を言う。

もう疲《つか》れ果《は》てていた。

最近ろくに昼寝はできないし、仕事はしなきゃいけないし。迷惑娘たちにはしょっちゅうノリだけで殺されそうになるし……

「ああ～めんどくせぇなぁ……」

と呟《つぶや》く彼の肩《かた》に突然、子ネコが飛び乗ってきた。

それにライナは気だるげに顔を向けて、

「んぁ？　なんだ？　飯食い終わって喉《のど》でも渇《かわ》いたか？　ああ、しまったな。水もってくんの忘《わす》れ……」

が、その言葉は遮《さえぎ》られてしまった。

なぜか子ネコが、まるで彼を憐《あわ》れむような表情で、前足をぽんぽんと彼の頭に載《の》せてきて、

「って、へ？　あの……」

が、彼の言葉が終わる前に、ぺろっと彼の鼻《はな》をなめて、再び地面に降《お》りる。

そのままとてとてと歩いていき……

路地裏の出口のところで一度振り向くと、

『にゃあ』

そんな一言を残して、子ネコ……いや、彼…………彼女？　まあとにかく、あいつは去っていった……

それをしばらく、ライナは呆然と眺めてから……

「…………マジでネコに慰《なぐさ》められちゃう俺の人生って……はぁ……」

そうして今日も、彼の深いため息は、どこかから響《ひび》いてくる爆発音にかき消されるのだった……

（すとれい・きゃっと：おわり）

おん・ざ・ぶりっじ

その景色《けしき》は、幻想的《げんそうてき》ですらあった。

空に浮《う》かぶ月。

それをゆらゆらと歪《ゆが》ませながら映《うつ》し出す川……

遠くに街《まち》の灯《あか》りが点々とかすかに見えるが、それも順に消えていく。

夜中だった。

街の灯《ひ》が消えていくほどの深夜。

ライナ・リュートは、その川の上にかかった、木製の大きな橋にいた。

いまいち寝癖《ねぐせ》のついた黒髪《くろかみ》に、やる気がまるで感じられない瞳《ひとみ》。

長身瘦軀《ちょうしんそうく》を橋の手すりに背中からあずけて、ぼけーっとなんとはなしに空を見上げている。

そして、いつもの覇気《はき》のまるでない声音《こわね》で、

「あぁ……変な時間に起きちゃったなぁ……やっぱ二日連続飯も食わずに寝っぱなしってのは、無謀《むぼう》だったかなぁ……腹減《はらへ》るしな……いま何時だろ…………………」

言ってから、周囲に時計台かなにかないか、首だけを動かして見まわしてみる。

顔をあげて、正面を向くと、やはり後ろと同じ風景……

幻想的な川面《かわも》が延々《えんえん》と続いていた。

次にだらーんと左に首を向けると、そちらは住宅街だからなのか、すでにしーんっと暗く静まり返っていて……

時計台なんてありそうにない。

最後にゆっくりと右に首を向けると……

「ん？」

そこで、ライナは少しだけ、目を細めた。

そこには、いつのまにやら一人の少女がいたのだ。

肩《かた》で切りそろえられた、赤みがかった髪。

大きな、愛らしい瞳に、形のいい薄《うす》い唇《くちびる》。

整《ととの》った顔立ちをしていた。年のころは十四、五歳《さい》というところだろうか？

思いつめたような、暗い表情。

そんな少女が夜中に一人、橋の手すりの上に立って、いまにも川へと飛びこもうとしていて……

それは、あきらかに投身《とうしん》自殺の光景だった。

少女はライナの視線に一瞬《いっしゅん》気まずそうにしてから、

「な、なによ。止めても無駄《むだ》よ！　あたしは本気なんだからね！」

なんてことを言ってくる。

そんな緊迫《きんぱく》した状況《じょうきょう》だった。

なにか、ふとしたきっかけがあれば、少女はすぐにでも、この寒空のもと、遥《はる》か下の川へと飛びこんでしまいそうないきおい。

こんな少女が、なにをそんなに思い悩《なや》んでいるのか、真剣《しんけん》な表情だった。

決意は固い。そう見えた。

こんな状況に出くわした場合に、通常考えられる選択肢《せんたくし》は二つだ。

一——説得。

二——イチかバチか、少女が飛び降りる前に手すりから引きずり下ろす。

ライナは、こちらを警戒《けいかい》するようににらみつけてくる少女をしばらく見つめてから、頭に浮かんだそんな二択のどちらにするか悩んだ……

悩んで、悩んで、悩んだあげく……

ふと再び空を見上げて、

「……まあ、時間なんてどうでもいいか。時計台探すのめんどくさいし……しっかしこんな夜中でもやってる飯屋どっかあるかなぁ」

……………………二択は？

という突《つ》っ込《こ》みをいれる間もなく、

「ってそうじゃないでしょぉおおお!!」

少女が、かわいらしい顔には似合わない、大きな声で叫《さけ》んできた。

それにライナはうっとうしげに少女のほうを向いて、

「んぁ？ なにが？」

「な、なにがってあんた……？ こんな状況で……あんたこそなんなのよ！」

「俺《おれ》……？ ふむ。俺はライナ・リュートっていって現在腹減り中の……」

「誰《だれ》が自己紹介《じこしょうかい》しろって言ったのよ!!」

「ああもう、なんだよ……ああしろって言ったりこうしろって言《い》ったりめんどくせぇ奴《やつ》だなぁ。んで？ おまえこそ突然《とつぜん》俺に声かけてきて、なんの用なわけ？」

すると途端《とたん》に少女は顔を赤らめて、

「え、あ、いや……その……なんていうか、あれよ。まだ世間《せけん》を知らない、十四の可憐《かれん》な少女が、川へと飛びこもうとしてるのよ？ きちんとした良識《りょうしき》ある大人なら、普通止めるでしょ？」

それにライナは一言。

「めんどいからやだ」

「だからめんどいじゃなぁあああぁい！」

と、拳《こぶし》を握《にぎ》り締《し》めて叫ぶ少女。

それにライナは急にまわりをきょろきょろと見まわし、不安げな態度《たいど》で、

「おいおい少女。こんな夜中に大声だしたらご近所迷惑《めいわく》だぞ」

「そんなとこばっかり良識ぶんな！」

びしっと怒鳴《どな》ってくる少女は、さっきまでの、橋から飛び降《お》りようとしていたときの悲《ひ》愴《そう》な表情とはうって変わって、元気いっぱいだった。

それにライナは疲《つか》れたようなため息《いき》をついてから、

「……はぁ。んで、冗談《じょうだん》はさておき、少女」

「少女少女言うな！　ウェザー。ウェザー・ネザー」

「ふむ。じゃあ、ウェザー。あのな、俺はいま、腹が減って死にそうなんだ。だからなんか食い物持ってたら俺に……」

「冗談はさておくんじゃないのかぁあああああ!!　って、ああ、あんたと話してたら頭がくらくらしてきた……普通、こういう場合はあたしの身の上話を聞くってのから物語がスタートするんじゃないの？　でもって話を聞いてるうちにあんたも自分の過去の傷を

話しだして、意気投合《いきとうごう》して、なんか恋とか友情とかそんなもんが芽生《めば》えたりしてハッピーエンドとかそういうんじゃないの？」

「…………小説の読みすぎ」

「馬鹿にするなぁああああああああ!!」

叫ぶウェザーに、ライナはもう一つため息をついて、

「……よく叫ぶ子だなぁ……」

呟《つぶや》いた。

そんなライナは無視して、そのままウェザーは、腕組《うでぐ》みをしてどっかと手すりに座《すわ》り込む。そして――

「さあ」

そう言う。

それにライナは首をかしげた。

「へ？『さあ』？　って、なんだ？」

「だから身の上話に決まってるでしょ！　さああたしに聞いてみて。あたしのほうはもう、この可憐な十四歳がどうして投身自殺を考えるまでに追い詰《つ》められているのかを話す準備《じゅんび》は完了《かんりょう》してるんだから」

それにライナはしばらく無言になってから、

「……はぁ……なんか、俺のほうが頭がくらくらしてきたよ……なんで俺の周《まわ》りは最近こんな奴ばっか集まってんだろうなぁって」

「ん？　それはライナの心の傷？　あんたの話からあたしたちのラブロマンスは先にスタートするの？」

「しねーよ」

言ってから、もう一度、まだ暗い空を見上げると、ライナは肩をすくめた。

「まあ、いっか。まだ食い物屋もやってないだろうし。暇《ひま》つぶしに聞いてやるよ。なんで自殺なんかしようとしてたんだ？」

「聞いてくれるの!?」

「ああ」

ライナがうなずくと、瞬間《しゅんかん》、ウェザーの表情がまた、最初と同じように突然翳《かげ》った。

しばらく沈黙《ちんもく》してから、

「って言っても、なにから話そうかな。もしもあたしの話を聞いてくれる人がいるなら……あれもこれも、いっぱい話そうと思ってたのに……いざ話すとなるとなにから話していいのか……」

「ん。話すことがないなら俺はもういくぞ」

と、ライナがその場を離《はな》れようとすると、彼の服をウェザーはぎゅっとつかんできて、

「聞いてくれないの？」

少女は、つぶらな瞳をうるうるうるうるませてこちらを見つめてくる。

じーっと、じーっと、強くライナはその瞳に見つめられて……

彼は大きくため息をついて言った。

「はぁ……なんか、やっかいなもんにつかまっちまったなぁ……はいはいわかりました。聞くよ。聞きゃあいいんだろ？　んじゃ、最初っから話してみろって。一番最初は、なにがあったんだ？」

するとウェザーはそれにぱっと顔を輝《かがや》かせて、

「最初……最初にね……あたしにはピアノがあったの」

それにライナは、いまいち興味《きょうみ》のなさげな表情のまま相槌《あいづち》をうって……

「ふむ……ピアノってのは……あの楽器のピアノか？」

「うん。そのピアノ。あたしのパパとママはね、このイエット共和国では、有名なピアニストなんだよ。もう、すっごい上手《じょうず》なんだから。綺麗《きれい》で、悲しくて、楽しくて、嬉《うれ》しくて、いろんな曲があるの。だからあたしもすぐにピアノが大好きになったの」

ウェザーが嬉しそうに言う。

それとは対照的《たいしょうてき》に、ライナはつまらなそうにあくびをしていたが……

ウェザーが続ける。

「物心つくころには、あたしもピアノを弾《ひ》いてたの。パパとママが教えてくれてね。すごく楽しかった。あたしのこと、筋《すじ》がいいってほめてくれて……ほめられるの嬉しかったから、あたしもどんどん練習《れんしゅう》して……

十歳になるころには、コンクールとかでもいっぱい賞を取るようになってたの。だけど別に賞が欲《ほ》しくて練習してたんじゃないんだよ？　でも、賞を取れば取るほど、パパとママがほめてくれたし……それに、なによりピアノが好きだったから、いっぱいいっぱい練習したの。いつかパパとママみたいな、優《やさ》しい音を出せるようになりたいって思って……

だけど……」

そこでウェザーの表情が激変《げきへん》した。

急に悲しそうに顔を歪《ゆが》め、

「なのに……なのに……」

彼女の左腕が震《ふる》え始めた。その震える左腕を押さえつけるように、右手でつかんで……

「四か月前のコンクールで……演奏が終わった瞬間、ピアノの上に掲《かか》げられてた燭台《しょくだい》が倒《たお》れてきて……左手に当たって……それから、それから……」

ウェザーの目から涙《なみだ》が溢《あふ》れる。

いままでこらえていたものが堰《せき》を切ったように流れ出す……

「それから……指が……前みたいに、うまく動かなくなって……」

言葉はそこで止まった。

ライナは黙《だま》っていた。目を少し細めて、少女の姿を眺《なが》める。そのまま、しばらく待って、彼女の嗚咽《おえつ》が収《おさ》まってから、

「で、ピアノが弾けなくなったから、自殺するって？」

するとウェザーは、

「ピアノが好きだったの！　それがあたしのすべてだったの！　ピアノを弾いて、パパとママにほめてもらって……それだけでよかった。コンクールなんてどうでもよかった。いまだって、コンクールじゃもう、賞は取れないけど……自分で楽しむくらいに弾くことはできるの……なのに……それなのにパパとママは、そうじゃなかった。あたしがピアノを弾くたびに、悲しそうな顔であたしを見るの。悲しそうな顔で……大丈夫《だいじょうぶ》だよって言うの……あたし……ピアノ好きだから弾いてるだけなのに……あたしがピアノ弾くたびに、悲しそうな顔をして……あたしがいるだけで、ずっとずっと、悲しそうな、すまなそうな顔

になって……だから、あたしがいたらパパたちは……」

瞬間、

「だから死ぬって？　ばっからしい理由だなぁ」

ライナは吐《は》き捨《す》てるように言った。

「へ？」

ウェザーがそれに、きょとんとした表情で声をあげる。

しかしライナはそれを無視して頭をかくと、

「あ〜あ。腹減ってんのにつまんねぇ話聞かされたなぁ……」

「つ、つまんないって!?　なんであんたにそんなこと言われなきゃいけないのよ!!」

が、ライナはいつものやる気ない半眼《はんがん》のまま、

「あら……なんか癇《かん》に障《さわ》ったか？　そりゃごめん」

するとウェザーが涙を流したまま、ライナをにらみつけてきて、

「な、なによ。そんなやる気なさそうな顔ばっかりして……そんなふうにいつものほほんと生きてる奴に、あたしの気持ちなんかわかんないわよ！」

その言葉に、ライナの目が、すっと細まった。そして、

「あー……まあそうかもな。俺はおまえじゃないから、おまえの気持ちなんかわかんねー

よ。はっきし言って、おまえが死のうが死ぬまいが、俺にとったらどうでもいいし」

「そ、そんな……」

ライナの言葉にウェザーがたじろぐ。

それにライナはめんどくさそうに片眉《かたまゆ》をあげて、

「あぁ？　なんだよ。結局俺に止めて欲しかったのか？」

「そ、そうじゃないけど……」

「じゃ、いけって。おまえにとったらのほほんとくだらないことに見えるかもしんねーけどさ、俺はいま、この空《から》っぽの腹をどうしようかってことに結構忙《けっこういそが》しいんだ。だから俺はもういくぞ。邪魔《じゃま》して悪かったな。ほら、飛び降りちゃっていいよ。まあなぁ、確かに、それも楽な選択肢だよなぁとは俺も思うし、いいんじゃないの？　んじゃあな」

と、そのままウェザーに背を向けて立ち去りかけるライナに向かって、

「ひ、ひど……」

しかし少女がそう言いかけた瞬間、ライナはふと、足を止めて……

「ああ……いくまえに、一つだけ言うけど……あのな、確《たし》かに俺の人生はそりゃのほほんとくだらないかもしんないけど……それでも俺はおまえより嫌《いや》な思いをしてる奴をいっぱい知ってるぞ。家族を殺された奴。家族を殺さなきゃなんなかった奴。自分を犠牲《ぎせい》にして、

いろんなもんしょいこもうなんて、めんどくせぇ馬鹿げたこと考えてる奴。

それに、ずっと……ずっと一人でいなきゃいけないと思ってた奴……

そいつらみんな、いま生きてるんだよ。死んだほうが楽かもしんないのに、まだ生きてるんだよ。馬鹿だと思うか？　そんな辛《つら》い思いばっかりして、なんで死なないと思うか？

俺は……正直《しょうじき》、思うよ。死ねば楽なのにな。いや、そうじゃなくても、全部放棄《ほうき》して、逃《に》げ出せば楽なのに……毎日昼寝して、食って、寝て、食ってりゃそれでいいのに、そいつらみんなあほなんだよ。めんどくさい道ばっかり選びやがって……

だけど……だけど俺はそういうの、見るぶんには嫌《きら》いじゃないんだ。だから、そいつらのことを人に馬鹿にされると、ちょっとむかつくんだ」

「……それは……あたしがここで死のうとしてるのが、むかつくってこと……？」

が、ライナは振《ふ》り向かないまま、

「だからおまえのことなんか知らねーって言ってんだろ。おまえの人生のことなんか、俺にはわかんねーよ。んじゃ、もう俺は……」

瞬間。

ウェザーが背中から抱《だ》きついてきた。ライナの背中に顔をうずめて、

「……ありがとう……そんなこと言ってくれる人……あなた以外にいなかった。怪我《けが》

してから、みんなあたしを憐《あわ》れんだ目で見て……まるであたしがかわいそうな人みたいに……あたしは全然傷ついてなかったのに……ピアノが好きなだけだったから……そうだよね。あたしがやろうとしてたことは、逃げだよね。なんか、ライナの話聞いてたら、死のうとしてたのが急に馬鹿らしくなって、あたし元気がでてきちゃった」

なんて展開《てんかい》。

夜、少女に背中から抱きつかれ、そんなことを言われて……

「あ～……えーと……」

ライナは顔をしかめた。

「はぁ。なんか、俺ってば、ガラじゃないことさせられてんなぁ……早起きは三文《さんもん》の得なんて言うけど、ありゃウソだな……腹減るわ、めんどいことに巻き込まれるわ……」

そのまま困《こま》ったように苦笑してから、そっと、ウェザーの頭を後ろ手に優しくなでようとして……

しかし、その瞬間だった。

「っと？」

ライナの左手が、その突然の奇妙《きみょう》な動きに、とっさに反応《はんのう》した。

自分の懐《ふところ》。

そこにある、金の入っていた袋《ふくろ》をいつの間にやら握《にぎ》りしめていたウェザーの手をつかんで……

「……………………はぁ？」

混乱《こんらん》する。

「ってこりゃ……どういうことだ……？」

ぐいっと少女の腕を引っ張って自分の前へと引きずり出すと、半眼でウェザーの顔を見つめる。

するとそこには、さっきまでの、涙に濡《ぬ》れた可憐な少女の姿はなく、悪戯《いたずら》がバレた子供《こども》のような表情でライナをにらみつけてくるウェザーが、

「ちぃ！　しくった!!　あたしもまだまだだな。まぬけ面《づら》のお人よしそうだったから、お師匠《ししょう》に教わった『詐欺法《さぎほう》パターン四十二』で型にはめて一気に金を奪《うば》ってやろうと思ったのによ！」

さっきまでの口調《くちょう》とはまるで違《ちが》う、荒っぽい言葉。

それにライナはめまいを感じながら頭を押さえて言った。

「はぁ？　なんだ？　師匠？、詐欺？　うぁ……まじかよ。そんな展開？　そんな展開のために俺はあんな恥《は》ずかしいこと言ったのか？　だめだ。もうだめだ。死んで楽になろう

……川が俺を呼《よ》んでる……」

なんかさっき言ってたこととだいぶ矛盾《むじゅん》するような気がしないでもないが……

するとウェザーが、

「くそ！　この野郎《やろう》さっさとこの手を離《はな》せよ！　変態《へんたい》！　スケベ！」

それにライナは半眼で、

「いや、おまえが先に俺の金を離せよ」

「馬鹿言うんじゃねぇよ！　こんな可憐なぴちぴち十四歳の少女がおまえみたいなやる気ない男の背中に抱きついてやったんだぞ？　その代金はきっちりもらうぞ。これはあたしの金だ」

「どういう道理だよそ……」

が、ライナの言葉は、最後まで続かなかった。背後に、突然強大な殺気《さっき》が膨《ふく》れ上がるのを感じて……

「な……!?」

とっさにその場を飛び退《の》こうとする。

ああくそ！　仲間《なかま》がいたのか!?

ライナは自分のうかつさを呪《のろ》った。

それほどその殺気は常軌《じょうき》を逸《いっ》していたのだ。その殺気の強大さで、相手の力量がわかる。

ライナの体に備《そな》わっていた防衛本能《ぼうえいほんのう》が、この相手は危険《きけん》だと、そう告げていた。

まともにやりあえば……

殺《や》られる!?

なんとかしないと……

が……ヒュゴ！という、甲高《かんだか》い風切り音とともに迫《せま》ってきたなにかを、ライナはよけきることができなかった。

強烈《きょうれつ》な衝撃《しょうげき》が後頭部に走る。

「うあ!?」

そのままライナはうめき声をあげて吹っ飛んで……ごろごろと転がりながらもなんとか振り向いた。

と――

「…………………んなっ…………」

ライナは、目の前にあった光景に、思わず絶句《ぜっく》してしまう……

目の前の光景。そこには、見覚《みおぼ》えのありまくる、絶世《ぜっせい》の美女が、橋の手すりに悠然《ゆうぜん》と立っていた。

月光に映《は》える、艶《つや》やかな金色の長髪《ちょうはつ》に、切れ長の澄《す》んだ青い瞳。人間離れした異様に整った容姿《ようし》は、夜の景色とあいまって、完璧《かんぺき》に美しい絵画《かいが》にも見えるほどだったが……。

顔はいつものごとく無表情。

そして手には、いまライナを殴《なぐ》った長剣と、そしてもう片方にはだんごの串《くし》が携《たずさ》えられていて……。

それにライナは……。

「あー……えーと……そのー……はう」

もう、一度に怒鳴りたいことが多すぎて、言葉にならなかった。そのまま落ちつこうと大きく息を吸《す》ってから、

「こんのフェリス!? お～ま～え～は～!! いったいどっから湧《わ》いてでてきやがった!」

するとフェリスは、おまえはなにもわかっていないんだなと見下《みくだ》さんばかりの表情で彼を見つめ、それから空を指さし、いつものまるで抑揚《よくよう》のない声音で、

「おまえには、あれが見えないのか?」

「ああ? あれってなんだよ」

「月に決まっているだろう。今日は綺麗《きれい》な月がでている。そして綺麗《きれい》な月がでてるといえば……」

そこまでで、ライナはもううんざりとばかりにフェリスの言葉を止めて、

「あーわかったわかった。月見だんごだろ？　もういまさらおまえがどこでどんな風にだんご食ってようが驚《おどろ》きゃしねぇよ。俺が聞いてるのはそんなことじゃなくて、いったい、どっから出てきて、どういう了見《りょうけん》で俺を殴りつけたのかってのを聞いてんだよ！」

するとフェリスは鮮《あざ》やかな手並《てな》みで剣を腰《こし》の鞘《さや》に収《おさ》めると、一つうなずいて言った。

「うむ。それも至極簡単《しごくかんたん》な話だな。今夜は綺麗な月が出ていた。となれば、川に映《うつ》る月を眺《なが》めながらだんごと決め込むのが茶の湯の道を極《きわ》めるものの定め。最初から私は橋のたもとに剣を突き立て、そこに腰をかけてだんごをたしなんでいた。するとそこに、突如変態《とつじょへんたい》色情狂《しきじょうきょう》が現《あらわ》れてな。まだ幼《おさな》い十四の少女を捕《つか》まえて言うではないか。

『ふむ。これはなかなかかわいいお嬢《じょう》ちゃんですねぇ。これならけっこうな値《ね》がつくでしょう』

『いやー!!　許《ゆる》して!?　もう悪いことしないから！　ママの言うこと聞くから！　あたしを売らないでぇ!?』

『ごめんね。ごめんねウェザー。家が貧《まず》しいばっかりに。ママが不甲斐《ふがい》ないばっかりに』

『た、助けて!?　神さま天使さま!?　誰でもいいからお願《ねが》い、あたしを助けてー!?』

と、そういうわけで、世界を救《すく》う美少女天使である私が降臨《こうりん》したと……まあそういうわ

けだ」

　なんていう説明にライナはもう、疲《つか》れ果《は》てた表情で言った。

「……ほうほうなるほどね。おまえの言いたいことはわかった。んじゃ、ちょっと待てよ。あーえーと……さて、じゃあどこから突っ込もうかね……とりあえずは、ストーリーがまるで違うことを百歩譲《ゆず》って置いといたとしてもだ。なんで登場人物増《ふ》えてんだよ……！ってのと、美少女天使ってなんだよ……⁉　ってのと……あとなんだ……？」

と――そんないつものやりとりをしているライナとフェリスを呆然《ぼうぜん》と眺めていたウェザーは、そこではっと我《われ》に返り、

「い、いまのうちに逃げ……」

が！　橋の上に倒れ伏《ふ》したままのライナの腕が、まるでその腕だけが別の生き物のように、高速で動いた。信じられない早さで光の魔方陣《まほうじん》を空間に描《えが》き込んでいき、

「求めるは雷鳴《らいめい》〉〉〉・稲光《いづち》」

瞬間、魔方陣の中央に強烈な光を放つ光源《こうげん》が生まれ、そこからウェザーの目の前に稲妻《いなずま》が放《はな》たれる。

「わわ⁉」

　それに驚いて動きを止めるウェザーにライナは疲れた声音のまま、

「逃げるなら、その金は置いてってくれよ。こう見えても俺ってば小遣《こづか》い制でな……そこにいるフェリスからちょっとずつしかもらえなくて、それ持ってかれると今月飢《う》え死《じ》に決定なんだ」

なんて、派手《はで》な魔法を使ったわりにはしょぼいことを言うライナ。

続いてフェリスが信じられないとばかりの表情で、

「き、貴様《きさま》……どこまで堕《お》ちれば気がすむんだ……夜中に婦女子を襲《おそ》うだけでなく、あろうことかこんないたいけな少女から金を奪《うば》うとは……」

「あれは俺の金なんだよ！」

「いや、正確にはあれは私がおまえに恵《めぐ》んでやった金だな」

「って事情知ってんならいちいち絡《から》んでくんじゃねぇ！」

ライナがもう、今度こそうんざりした声で叫ぶと、なぜかフェリスは満足《まんぞく》げにうなずいて、

「うむ。さて、お楽しみはここまでとして」

「楽しくねぇええええええええ！　ってもうやだ……なんでこいつ相手だと、俺はいっつも振りまわされる役なんだろ。だいたいいつもいつも……」

なんて愚痴《ぐち》をぶちぶち呟《つぶや》き始めるライナは放っておいて、フェリスが続ける。

無表情な目でウェザーを見据《みす》えて。

「さて、ではおまえがさっき言っていた、師匠とやらのことを聞かせてもらおうか」

瞬間、ライナは怒鳴った。

「は？　師匠？　っておまえ、俺らの会話ちゃんと最初から聞いてたんじゃねぇかよ！」

が、その言葉がまるで聞こえてないとばかりの無視っぷりでフェリスは、

「おまえのようないたいけな少女を配下《はいか》にして詐欺を働《はたら》くなどとは、許《ゆる》せん」

その言葉に今度こそライナは驚いた。

「へ？　って、なんだ？　フェリスいま、えらくまともなこと言わなかったか？　まさかおまえ、ウェザーのことを犯罪組織《はんざいそしき》から助けるつも……」

しかし、ライナの言葉が終わる前にフェリスは、

「しかしおまえの師匠とやらの命運《めいうん》もこれで尽きたな。私の金に手をだすとは身のほど知らずめ。いままでどれだけ貯《た》め込んできたか知らないが、その金は全《すべ》て私に献上《けんじょう》してもらおうか。さあ、師匠を呼《よ》べ。呼ばなければ、あの美しい月を映しだしている川を、おまえの首がゆるやかに流れていくことだろう」

言って、ちゃきんっと音を立て、少しだけ腰の剣を引き抜《ぬ》いてウェザーを脅《おど》すフェリス。

もうめちゃくちゃだった。最初のセリフとは裏腹《うらはら》に、いたいけな少女を救《すく》うとか、そん

な真《ま》っ当《とう》な展開とはまるで正反対の方向に突き進んでいく……

　それにライナはもう、閉じかけんばかりの半眼で言った。

「……はぁ。いつものことながら、一瞬でもおまえを見なおした俺があほだったよ……」

「ん。おまえがあほなのはいまにはじまったことではないだろう」

「うっせー」

　言いながら、ライナは立ちあがり、

「でもま、フェリスの案はいいかもな。このさき旅を続けてくのに、金はいくらあってもありすぎるってことはないし……んじゃウェザー。この凶暴《きょうぼう》性悪女《しょうわるおんな》フェリスに首をはねられたくなけりゃ、師匠のところに案内して……あ、いや、フェリスいまの凶暴性悪ってのうそうそ……だから俺の首をさきに飛ばそうとするな」

　なんてことを言う。

　ウェザーはそんなめちゃめちゃな二人に詰《つ》め寄られて震《ふる》えながら、救いを求めるように言った。

「ちょ、ちょっとライナ。いまのその女を見なおすとか見なおさないとか、そういう話はどこへいったの？　ほら、普通こういう場合、正義の主人公とかって、『いたいけな少女を詐欺の道具に使うなんて許せねぇ！』とか言って、あたしを助けたりするもんなんじゃないの？」

が、それに再びライナは一言。

「小説の読みすぎ」

それにウェザーは夢も希望も失った表情で、

「ああ、やっぱりこの世には神様も天使もいないんだ……」

こうしてまた、いたいけな少女の夢を、この二人は平然と潰《つぶ》していくのであった……

まあ、それはさておき。

「でも、でもあたしにはまだ、師匠がいる」

言って、にやりと笑った。急に強気の表情。それだけ彼女は師匠を信頼《しんらい》しているのだろう。

ライナたちをにらみつけて、勝ち誇《ほこ》った口調で、

「師匠さえくれれば、あんたたちなんか、一発でけちょんけちょんなんだからね！　さあ、怯《おび》えなさい!!　この師匠の耳に直接届《とど》く魔法の笛《ふえ》を吹けば……あたしの師匠は瞬間移動でたちまち駆《か》けつけてくれるんだから！」

その言葉にライナは驚愕《きょうがく》の表情で、

「な……瞬間移動!?　って、そんな魔法が、ここイエット共和国ではもう実現されてるの

か!? 物体転送の魔法は難《むずか》しいどころか、実現不可能と言われてて、どこの国でも研究対《たい》象《しょう》にもなってないくらいなのに……もしほんとにそんな魔法が使えるとすれば、信じられないほどの使い手……」

するとウェザーは不敵《ふてき》に笑い、

「驚いた? だけど、誤解《ごかい》しないでよ。瞬間移動なんていうとんでもない魔法が使えるのは、あたしの師匠だけなんだからね。いまさら謝《あやま》っても、許してやんないよ。師匠の強大な魔力に、恐《おそ》れおののくがいい!」

そう言って、笛を思いっきり吹くウェザー。

夜の街に長く、大きく響いてく笛の音。

緊張《きんちょう》の一瞬。ライナはいつでも動けるように重心を低く身構《みがま》え、フェリスも一応、腰の剣に手を置く。

そして……

「……………」

「…………………」

「……………………」

「…………………………………ふむ。では私は月見だんごを続けるとしようか」

「あ、いいね。なんかずっと最初から言ってるけど、俺いますげー腹減っててさ、俺にもだんごくれない」

「うむ。ではこれをやろう。茶もあるぞ」

「おーまじ？」

と、お月見をはじめるライナたち。

自信満々の笑《え》みを浮かべたまま、しかし、どこか打ちひしがれた目をして立ち尽くすウェザー。

「…………………」

それから、小一時間ほどたっただろうか？

ウェザーが笑みを浮かべたまま泣き始めるという珍《めずら》しい光景を眺めながら、ライナたちがお茶を飲んでる時だった。

遠く彼方《かなた》から、

「……ざああああ……ざああああああ」

なんていう声が近づいてくるのが聞こえた。

それにウェザーは急に笑顔《えがお》になって、

「こ、この声は……きてくれた。師匠がきてくれたんだ!?」

ライナたちも、なんとはなしに声が近づいてきている方向を眺める。

すると今度ははっきりと、

「うぇざあああああねざああああああああああああああ!!」

ウェザーの名前を叫びながら、一人の女がものすごいいきおいで必死に駆《か》けてくるのが見て取れた……

それにフェリスは、持参《じさん》のポットからライナの湯のみにもう四杯目のお茶を注《そそ》ぎながら、

「最近ではああいうのを、瞬間移動というのか?」

するとライナは小さく肩をすくめてから、

「ふむ。まあ、そういうのも新しくていいかもな。あ、お茶さんきゅー」

言って、お茶をすする。

そんなすっかりくつろいでほのぼの気分の二人を、ウェザーが今度こそ勝利を確信《かくしん》しきった表情でにらみつけてきて、

「ふっふっふ! 今度こそおまえら年貢《ねんぐ》の納《おさ》め時だな! 師匠がきたからにはもう、おまえらの好き放題にはさせないぞ! さあ、後残りわずかな生《せい》を、せいぜい楽しむが……」

が、言葉は最後まで続かなかった。

ものすごいいきおいで駆けてきた師匠とやらが、

「こんな真夜中にわらわを呼び出すとはなにごとじゃあああああああああああああ!!」

叫びながら、ウェザーの頭に鉄拳《てっけん》を炸裂《さくれつ》させる。そのままウェザーは吹っ飛んで地面に倒れ伏し、そのまま気絶。

「………って………」

そんな突然の展開に唖然《あぜん》とするライナたち……

いや、ウェザーが殴られたのはもう、この際どうでもよかった。そんなことよりも、その師匠に、ライナたちは見覚えがあったから、驚かされたのだ。

師匠——全身を巫女装束《みこしょうぞく》に包《つつ》んだ、長い黒髪の女だった。その顔は、いまは長距離《ちょうきょり》を走ってきたせいか、ぜえはあと荒《あら》い息で乱れているが、それでも絶世の美女と呼んでいいレベルだった。フェリスと同じ、人間離れした美しさ。

整った目鼻立ちに、きめ細《こま》かな肌《はだ》。年のころは十六、七歳だろうか？

彼女——エステラ・フューレルの姿には、見覚え……どころか、会う度《たび》にもう何度も迷《めい》惑《わく》をかけられまくっていた。

イエット共和国にある、巨大詐欺師組織《そしき》の頭目《とうもく》にして、ことあるごとにフェリスとどちらの美貌《びぼう》が上かなんてことで争い、結局迷惑をこうむるのはライナばかりだったりして……

だからライナは再びフェリスとエステラがぶつかって、迷惑の嵐《あらし》が振りまかれるのに巻《ま》き込まれないよう身構えたが……

エステラが、どこか朦朧《もうろう》としたような眠そうな声音で言った。

「この、常軌《じょうき》を逸した美貌で人々に華《はな》やかな夢を見せる、眠りの女神《めがみ》であるわらわの眠りを妨《さまた》げるとはいい度胸《どきょう》じゃなウェザー。仕事明けで疲れて家に帰って、やっと眠りについたところを起こしおって……あげくにおまえは熟睡《じゅくすい》か⁉　このこのこのこのこの！」

と、自分で殴って気絶させたくせに、さらに追い討《う》ちをかけるように弟子《でし》の身包《みぐる》みを、ひどく眠そうなわりには手際《てぎわ》のいい、慣《な》れた手つきで次々と剝《は》いでいくエステラ。

そしてウェザーがほとんど下着同然の姿になるとやっと満足《まんぞく》したのか、

「思い知ったか小娘《こむすめ》めが！　もうわらわは帰るぞ！　帰って寝るのじゃ。次にもしわらわを起こすようなことがあれば……お主《ぬし》にも道端《みちばた》で拾った小石を高額で売りつけるからそのつもりでおれ！」

言ってから、こちらを一瞥《いちべつ》もせずにすたすたと去っていく。それをライナとフェリスは呆然《ぼうぜん》と見送ってから、続いて気絶しているウェザーのほうに目を移して……

ライナが言った。

「詐欺師も意外と、仕事大変なんだなぁ……」

「ふむ。まあ、そんなことよりも私が気になったのは、おまえの金もあの娘の身包みと一《いっ》緒《しょ》にエステラがしっかり持っていったことだが、まあ、私には関係のないことだからどうでも……」

「よくねぇええ⁉　ああ、そうだった⁉　ウェザーに俺の金取られたまんまだったんだ⁉　てめぇフェリス、なんでそういうことはさきに言わねぇんだよ！」

するとなぜかフェリスは勝ち誇《ほこ》ったような表情で、

「ふふ。私はエステラとは格が違うからな。私くらいの天地がひれ伏すほどの美貌ともなると、あの程度《ていど》の小銭《こぜに》に一喜《いっき》一憂《いちゆう》したりはしないのだ」

「ってかありゃ俺の金だろうが!!」

「ん？　貴様、変態色情狂のくせに私に文句《もんく》をつけるつもりか」

「そういう問題じゃねぇだろうが!!　ったくだいたいなんだよ。天地がひれ伏すほどの美貌って……普通、自分で言うかね？」

瞬間、フェリスの顔が普段の無表情とは打って変わって、赤く染《そ》まる……

続いて腰の剣にそっと手を持っていって……

「うあ！　やば……くるのか⁉　てめえ自分が恥《は》ずかしいからってまた暴力《ぼうりょく》にうったえんのか⁉　よぉしいいぞ！……今度ばっかりは俺も負けないからな！」

と、橋の手すりの上に立って、身構える。

しかし、フェリスはそんなライナをじっと見つめ、それから再び川の続く、遥《はる》か向こうを眺めて、

「…………ふむ。そろそろ夜が明けるな」

「……って、へ？　なにそれ？　怒《おこ》ってないのか？」

するとフェリスは小さく首を振って言った。

「怒らない。私はいま、機嫌《きげん》がいいからな」

と、まったく機嫌がよさそうには見えない、いつもの無表情のまま言う。

それにライナは首をかしげて、

「……機嫌が……いい？　なんで？」

聞くと、フェリスが小さくふふっと笑って言った。

「うむ。そうだな。おまえにも私のこの、幸《しあわ》せを少しわけてやろう。実は、とんでもなく笑える、笑い話を聞いたのだ」

なんてことを言ってくるフェリスに、ライナはますます首をかしげて、

「はぁ？　笑い話？　どんな？」

するとフェリスは一つうなずいて、語り始めた。

「うむ。聞いて笑い死にするなよ。この話には、ある一人の男と、一人の少女が登場するんだ。少女はそのとき、なんと自殺しようとしていてな、で、その少女の自殺を止めるために言った男のセリフのおもしろいことおもしろいこと……」

そんなことを話し始めるフェリスに、ライナはもう、半ば凍《こお》りついていた……

「ってそれってまさか、さっきの俺の……」

が、ライナの気持ちなどおかまいなしに、フェリスは続ける。

「確かその恥ずかしい男は、こんなことを言っていたな。『ああ……いくまえに、一つだけ……あのな、確かに俺の人生はそりゃのほほんとくだらな……』」

瞬間、

「わああああわあああああわあああああああああ⁉︎　な、な、な、な、なにをお前は言ってるのかな⁉︎」

「ん？　私はただ、歴史に残るこんな名ゼリフを後世に伝えるという責務《せきむ》を全《まっと》うしているだけだぞ。そう、こんな名ゼリフ『それに、ずっと……ずっと一人で』」

「ぎゃあああああそれ以上言ったら死ぬ！　まじで死ぬ⁉︎　頼《たの》むから許してくれ⁉︎」

ライナは顔を真《ま》っ赤《か》にして悲鳴《ひめい》をあげる。

「だ、だいたいおまえ、なんでそんな一字一句細かく全部覚えてんだよ⁉︎」

するとフェリスは至極当然とばかりにうなずいて、

「ふむ。こんな面白い話はそうないからな。詳細《しょうさい》にメモした」

「そのメモ寄越《よこ》せぇえええええええええええええええええええええええ!?」

途端《とたん》、フェリスの姿が、いまだかつて経験《けいけん》したことがないほどの高速で、視界から消えた。そしていつの間《ま》にやら橋の向こうに現れると……

「そうはいかないな。これは重要事項《じゅうようじこう》だ。王《シオン》にしっかりと報告……」

が、ライナの顔に、暗い陰《かげ》が落ちていた。いつものやる気ない表情とはうって変わった真剣な表情。そして……

「我《われ》・契約文《けいやくぶん》を捧《ささ》げ・大地に眠る悪意の精獣《せいじゅう》を宿《やど》す」

高速で空間に文字を刻《きざ》み込み、魔法を発動する。光が生まれ、それがライナの体に宿ると、突如《とつじょ》ライナの動きが加速した。

「ぜってぇえええええええええさせねぇえええ!!」

ライナの姿も一瞬にして橋の向こう側へと吹《ふ》っ飛んでいき、フェリスを追いかける……

そして……

まるで嵐が過ぎ去ったあとのように、急に橋の上は静かになった。

人がいようがいまいが、川は流れ続け……

ゆっくりと夜の時間は終わり、日が昇《のぼ》っていく。

こうして、今日も今日とてイエット共和国の一日は始まるのだった……


ちなみに。

その日の昼頃《ひるごろ》にやっと目を覚《さ》ましたウェザーが、給料一か月分もする小石をエステラから言葉巧《たく》みに購入《こうにゅう》させられて、

「やった！　ついに幸せの石を買った！　これであたしってば幸せになれるんだ！」

なんて嬉しそうに叫んでるのは、なんかもう、あまりにも現実の厳《きび》しさがひどいので、内緒《ないしょ》だったりする。


（おん・ざ・ぶりっじ：おわり）

さばいばる伝勇伝

天才は眠れない

別に、特別なものなど、なにも欲《ほ》しくはなかった。

贅沢《ぜいたく》なんかいらない。

人と違《ちが》う必要なんてない。

欲しかったのは、本当に普通《ふつう》の、平凡《へいぼん》な生活。

でも……

いつまでも平凡な幸せは、続かない。

いくら望んでも、いくら願っても、まったく同じ、平凡な日常《にちじょう》なんて、ありえない。

だけど、だけどそれでもいまだけは……

◆

「私の前にいるってことは、とりあえずあなたたちは、天才ってことになるわね」

そう言われて、ライナ・リュートは周りを見まわした。

場所は、無機質《むきしつ》な石造《いしづく》りの建物の中にある、闘技場《とうぎじょう》のような場所。

周りには、自分と同じ年恰好《としかっこう》……
五、六歳《さい》の少年と、少女がいた。
その中に自分もいて、そして……
いま、天才と呼《よ》ばれた。
天才……
そう、天才だから……
自分は、このローランド帝国軍《ていこくぐん》の、なんらかの施設《しせつ》に無理矢理《むりやり》連れてこられたのだ。
天才だから。
他《ほか》の奴《やつ》らとは違うから。
天性《てんせい》の才能《さいのう》に、恵《めぐ》まれた者だから。
そこまで考えて、ライナは、薄《うす》く笑《え》みを浮《う》かべた。
しばらく切らなかったせいで目に入りかけている黒い前髪《まえがみ》を見て……
それから、自分の黒い瞳《ひとみ》を思い出す。
そして、その中央に浮き上がった、奇妙《きみょう》な模様《もよう》も……
朱《しゅ》の五方星《ごぼうせい》の模様。
その模様は、ついこの間、彼の瞳の中に現《あらわ》れたばかりだった。

それを、ローランドの兵たちは、『複写眼《アルファ・スティグマ》』と呼んでいたが……

しかし、他の、彼の友達や、彼を拾って育ててくれていた村の人たちは、彼のその……

朱の五方星を見て……

こう呼んだ。

化物……

大量虐殺《ぎゃくさつ》の、化物。

と。

そう。

そしていま、目の前に立っている、二十歳《はたち》前後の女。

肩《かた》まで伸《の》ばした藍色《あいいろ》の髪に、引き締《し》まった細身の肢体《したい》。

美人……なのだろうが、軍服に身を包んだその体からは、気軽にそう呼ぶことができない、鋭《するど》い雰囲気《ふんいき》が漂《ただよ》っていた。

そしてその女は、ライナたちを見て……

また、

「そう。あなたたちは、選ばれた天才なの」

そう、言った。

天才。

天才。

天才。

そう。

確《たし》かにそうだ。

化物と呼ばれ、誰《だれ》も救うことができず、誰とも触《ふ》れ合うことができず、誰もを傷《きず》つけてしまう、天才……

なんの価値《かち》もない、くだらない天才……

それにまた、ライナは、笑みを浮かべかけて……

しかし。

「へらへらするんじゃない！」

女が強く、声を張《は》り上げた瞬間《しゅんかん》、目の前が光に包まれた。

それから、自分が女に殴《なぐ》り飛ばされたことがわかる。

信じられない力だった。

その、細身の体から繰《く》り出された拳撃《けんげき》に、ライナの体が、かなりの距離《きょり》吹《ふ》き飛ばされ、そのまま地面を転がり……

「…………」

うめき声すら出ない。

一瞬にして頭が揺《ゆ》らされ、足腰《あしこし》がまるで動かなくなる。

口の中が切れ、血が溢《あふ》れだし……

そしてそれを見下すかのように、鋭い瞳がライナへと注がれて……

女の言葉は続く。

「だけど、毎年、天才と呼ばれた子供《こども》たちが私のところへきて、私の訓練を受け……そして死んでいく。だから、自分は天才だと勘違《かんちが》いしているようなら、真っ先に殺すからそのつもりでいて」

それに、やっとのことで起き上がったライナは、女のほうを見る。

すると、それを待っていたかのように女はうなずいて、

「では、そこで天才と呼《よ》ばれて得意げに笑《え》みを浮《う》かべてた勘違い君の意識《いしき》が戻《もど》ったところで、ここについての説明を少しだけしようかしら。聞き漏《も》らしても、二度と説明はしない

から、一度で覚えなさい。

まずは、私の名前。私は、ジェルメ・クレイスロール」

そこまで言ってから、ジェルメは笑みを浮かべ、

「これから一年、あなたたちの神になる者の名前よ。よく覚えておいて。私の命令は絶対《ぜったい》で、私の命令にそむけば、すぐに殺すから。

だけど、それでも、あなたたちは運がいいのよ。普通《ふつう》は、すぐにでもあの、子供たちを殺し合わせるとかいう、狂《くる》ってるとしか思えない、三〇七号特殊《とくしゅ》施設《しせつ》なり、エーミレル私《し》設兵団《せっへいだん》なりに送りこまれて……生き残れずに殺されちゃうんだから。でも、あなたたちはローランド軍に、才能《さいのう》があると判断《はんだん》されて、すぐに地獄《じごく》へは送りこまれずに、私のところへ回されてきた。ここで私が、あなたたちに、戦い方を教えてあげるわ。

生き残るための方法を、教えてあげる。

もちろん、やる気がない奴《やつ》は、ここでも死ぬけどね」

言って、笑った。

それから、

「じゃ、とりあえず、それぞれの自己紹介《じこしょうかい》もかねて、試験《テスト》しまーす。まずは……」

と、懐《ふところ》から数枚《すうまい》の書類を取り出すと、それに目を落して……

そしてそれから、ライナのほうを見て、言った。

「ああ、いま私がぶっ飛ばした勘違い君が、例の『複写眼《アルファ・スティグマ》』保持者《ほじしゃ》なわけね……そりゃ、あんな軽く振《ふ》るった私の拳《こぶし》もよけれないわけだ。ええと、体術《たいじゅつ》はまったくの素人《しろうと》。魔法《まほう》に関しても、人が使ったのをパクって使うことはできても、魔法自体の知識はないと……はぁ。これじゃ、まったく使い物にならないわね。そのくせ、自分を育ててくれた村の人たちがローランド兵に襲《おそ》われて、それを助けたりしたもんだから、ローランド軍にその能力が見つかって、ここに連れてこられたと……」

突然《とつぜん》、そんなことを言われて、ライナはジェルメをにらみつけた。

「………なんで……それを……」

が、ジェルメはまるでライナを小ばかにするような笑みを浮かべて、

「それで村の人を救って、褒《ほ》められていい気になって、自分は天才気取り？　馬鹿《ばか》じゃないの？」

その言葉に、ライナは首を振って、

「ち、違う！　いい気になってなんか……それに、誰も褒めてなんか、くれなかった。こんな力……こんな、化物の力なんて……」

しかし、それをジェルメは鼻で笑って、

「はぁ？　あなた、人生舐《な》めてるの？　そんな中途半端《ちゅうとはんぱ》な力で、誰かが褒めてくれるハズないじゃない。あなたは間違ったことをしたのよ。だから化物と呼ばれて、迫害《はくがい》された。それとも、あなたに本当に人を助けられるだけの力があったっていうなら……」

そこで、ジェルメは目の前に立っていた、やはりライナと同じくらいの年恰好《としかっこう》の少女。水色という、異様《いよう》な色合いの長い髪《かみ》をした、女の子を見つめて、

「ライナ・リュート君。いまから私は、あなたの発言に腹《はら》がたって、思わず目の前にいる、このかわいらしい少女を魔法で殺してしまいます」

突然、そんなことを言い出して……

「な……なにを言って……」

わけがわからなかった。

初対面で、いきなりこんなことを言い出す人間に会ったのは、初めてだった。

いったい、この女がなにを言っているのか、まるで……

だが、ジェルメは続ける。

「それでもし、あなたに人を助けられるだけの力があるっていうのなら、私を止めてみなさい。でも、もしあなたが、この少女を助けられなければ………

もう一人、子供《こども》を殺すわ。

はい、即断《そくだん》しなさい。助けるか助けないか、すぐに選択《せんたく》しなさい。いくわよ」
そしてすぐさま指を空間に躍《おど》らせ、光の魔方陣《じん》を描《えが》いていく。
それに……
「く……」
ライナは、目を見開いた。
特殊《とくしゅ》な瞳《ひとみ》。
黒い瞳の中に、朱《しゅ》の五方星《ごぼうせい》が輝《かがや》き始め……
刹那《せつな》。
全《すべ》てが見えた。
ジェルメが描こうとしている魔方陣の全て。
唱えようとしている魔法の全て。
構造《こうぞう》。
発動方式。
仕組み。
文字通り、全てが見え……
そして、ライナもとっさに、それとまったく同じ魔方陣を描き始める……

が。

「遅《おそ》い。

求めるは雷鳴〉〉〉・稲光《いづち》」

ジェルメの魔法を創《つく》り出す速さは、圧倒的《あっとう》だった。前に戦った、ローランドの兵とは、まるで比《くら》べ物にならない。

ライナの魔法が、十分の一も完成しないうちにその魔法は完成してしまい……

それに、ライナは……

魔方陣の中央から、少女へ向かって稲妻《いなづま》が放たれる。

「や、やめろおおおおおおおおおおおおおおおおおおおおお!?」

悲鳴を上げていた。

しかし……

水色の髪の少女は、まるで、その雷撃《らいげき》を見越《みこ》していたかのように大きく後ろへと下がると、あっさりとよけてしまう。

そのままライナのほうへと振《ふ》り返って、

「なぁに、いまの『やめろ』って？　まさか、あたしにあんな魔法《まほう》が当たると思ったの？　それってあたしを馬鹿《ばか》にしてるんじゃない？　あんた、なにか勘違《かんちが》いしてるかもしれないけど、あたし、ピア・ヴァーリエ様は、天才なのよ？　あんたたちとは、違うの」

なんて、こんな状況《じょうきょう》で、まるで緊張《きんちょう》感のない声音《こわね》でそんなことを言ってくる、水色髪の少女……ピアの言葉に思わず呆然《ぼうぜん》としているライナに……

ピアはさらに、

「ああもう、ほらほら、ぼけぼけしてないで、さっさとその魔法を完成させちゃいなさいよ。で、あの年増《としま》の女を殺すわよ」

なんて言葉に、さらにライナが、

「へ？　え？　え？」

しかし、ピアはそのまま、流れるような動きでジェルメとの距離《きょり》をさらにとって、

「まぁったく。だいたい『力』あるあたしたちが、なんでローランド軍の言いなりになって、訓練なんかしなきゃいけないんだか……冗談《じょうだん》も休み休み言えって感じ。えっとぉ、それで確かぁ、あんた、ライナとかって言ったっけ？　その年で『稲光《いづち》』が使えるなんてなかなかだけど……場数が全然足りてないわね。はい、周りを見る。もう一人の男子は、もう少しマシな動きしてるわよ」

「へ？」

それに、ライナは周りを見まわすと……

一人の少年が、駆《か》けていた。

ジェルメから大きく距離をとり、彼女の周りをまわるように、駆けている。

しかし、それはひどく奇妙《きみよう》な光景だった。

その少年は、目を閉《と》じているのだ。

流れるような、柔《やわ》らかい金色の髪《かみ》をした少年だった。目を閉じた、穏《おだ》やかな表情《ひようじよう》。

しかし、目を閉じているにもかかわらず、まるで、すべてが見えているかのように、慎《しん》重《ちよう》にジェルメとの距離をとっており……

それにジェルメが、また、左手に持っていた書類を一枚《まい》めくって、

「へぇ……あんたら、全員で私に反抗《はんこう》しようっていうの？　おもしろいじゃない。で、馬鹿みたいに目を閉じて、私の周りをまわってるのは……ペリア・ペルーラね？」

それに、目を閉じたままの少年は、

「……その書類には、僕《ぼく》のことが、なんと書かれています？」

静かな声音で言った。

それにジェルメは、再《ふたた》び書類に目を落とし……

しかしその瞬間《しゆんかん》、ペリアが動いた。

ジェルメの目線が、書類へと向いた一瞬の隙《すき》をついて、背後《はいご》から殴《なぐ》りかかっていく。

その身のこなしのあまりの鋭《するど》さに、ライナは驚愕《きょうがく》した。同じくらいの年の子供《こども》とは思えない、圧倒的な速さ。

そして正確《せいかく》さ。

ジェルメの虚《きょ》をつく形で、一気に間合いをつめて、

「戦闘中《せんとうちゅう》に敵から目を離《はな》すような人に、戦い方を教わろうとは思いませ……」

が、言葉はそこまでだった。

ジェルメは書類へ目を落としたまま、無造作《むぞうさ》に一歩、横へと動くと、あっさりペリアの攻《こう》撃《げき》をかわしてしまい……

さらに、ペリアの腕《うで》をとると、ぐいっとひねり上げる。

それにペリアが、

「うあ……!?」

うめき声をあげるが、ジェルメはあいかわらず書類を読み続け、

「ふむ。ペリア・ペルーラ。『全結界』の実験の犠牲者《ぎせいしゃ》ね。視覚《しかく》、聴覚《ちょうかく》を失うことの代償《だいしょう》に、体に、結界を発生させる魔方陣《じん》の刺青《いれずみ》を組みこまれた子供。その結界によって、通《つう》常《じょう》では知覚できないほど広い範囲《はんい》の出来事を、手に取るように知覚することができるというけど……」

そのまま、さらに腕を強くひねり上げながら、ペリアの閉じられた目をのぞきこみ、

「いくら知覚できても、動きがこんなに遅《おそ》くちゃまるで意味がないわねぇ。そんな動きで、自分は天才のつもり？」

その問いかけに、しかし、ペリアは閉じたままの目で、まるでにらみつけるかのようにジェルメを見上げて、

「天才？　僕が本当に……こんな能力《のうりょく》を本当に欲《ほ》しかったと思ってるのか？　ローランド軍の実験台にされ……

目も、耳も……

もういまは、結界の力に頼《たよ》って世界を感じることしか……」

それに、ジェルメがまるであきれたような表情で、

「だから、ローランドに復讐《ふくしゅう》する？」

「そうだ！　僕は絶対《ぜったい》、おまえらを……うあ!?」

言葉はまた、最後まで続かない。

ペリアはあっさり投げ飛ばされた。そのまま、頭から地面に着地し、転がる。

「うぐ……」

それにジェルメは、

「弱い！　そんな弱い力で、どうローランドに復讐するつもり？　まるで説得力がないわよ。このローランドの軍には、私よりも強い奴《やつ》もいるってのに、どうやってローランドに復讐するのかしら？」

「それは……」

「それはじゃない!!　こんな質問《しつもん》に答えられないようで、ガキが復讐だなんて言葉を使うんじゃない！　結界の力で少しくらい世界のことがよく見えたからって、自分が特別だと勘違《かんちが》いするんじゃない！　それは……」

そこで、ジェルメはライナのほうを向いて、

「それは、ライナ・リュート、おまえもだ！　たいした力もないのに……自分のことすら守る力もないのに……人を守るだ？　救うだと？　くだらないことをガキが抜《ぬ》かすんじゃない！　これからおまえらは、人のことを考える余裕《よゆう》なんてまったくないほどの地獄《じごく》に送りこまれるんだ。これからは、自分の命の心配だけしろ。ここから逃《のが》れたいなら、せいぜい、私に殺されないだけの力をつけてからにしろっ！」

そう叫《さけ》んだ瞬間……

ライナの体が、動かなくなった。

ジェルメに、強くにらみすえられただけで……まるで、体が動かない。

その、圧倒《あっとう》的な殺気に押《お》し潰《つぶ》されそうで……

なんの訓練も受けていないライナにも、それはわかった。

信じられないほどの力の差。

なにをしようと無駄《むだ》だと——無理矢理理解《むりやりりかい》させられるほどの、圧倒的な差。

目の前にいるのは細身の女なのに、まるで、巨大《きょだい》な化物かなにかのように見えた。

そしてそれは、ペリアも同じようだった。

目を閉《と》じ、耳が聞こえなくても、その圧力は伝わるらしい。

動けば。

殺される。

が……

そこで、

「はぁいはい、年増《としま》の女のたわ言は、そこまでかしら？」

ピアは、この殺気の嵐《あらし》の中でも、まったく平然とした表情《ひょうじょう》で大きく胸《むね》をそらして言った。

そのあと、ライナとペリアをあきれ顔で見て、

「まったく、やっぱり男子はだめねぇ。ちょっとの隙《すき》も作ることができないなんて。あげ

くに、あの年増女のヒステリーにあてられて動けないわけ？　情《なさ》けないったらありゃしない。ま、今回はこの、本物の天才、ピア様が、あいつをぱぱっとやっつけてあげるから、今後はあたしの言うことを聞くのよ？」

なんて言葉に、ジェルメがにやりと笑って、

「へぇ。この殺気でそれだけ動けるなんて……天才を自称《じしょう》するだけあるわね。えっと……」

と、書類に目を落とす。

それにピアは腰《こし》に手をあて、さらにもう、限界《げんかい》というほど胸を偉《えら》そうにそらして、

「ほらほら、あたしの経歴《けいれき》を見て、驚《おどろ》きなさいな。四歳《さい》にして、ローランド特別士官学校を首席卒業。圧倒的な魔力《まりょく》を有し、あんたたち凡人《ぼんじん》と違って、通常の四倍の威力《いりょく》で魔法を放つことができる。ついにはその力が認《みと》められて、その後貴族《きぞく》の養子になり、エリート街《かい》道《どう》まっしぐ……」

が、それを遮《さえぎ》ってジェルメが、

「おかしいわね。そんなことは、まるで書いてないけど？　学校時代からの問題児。気に食わないことがあると、すぐに問題を起こし……貴族の養父母にも見捨《みす》てられ、いまは、ここにいる。まあ、『先天性魔導異常《せんてんせいまどういじょう》』の能力者《のうりょくしゃ》に、他者との協調性がないのは、よく見

られる事例だけど」

それにピアはむむっとけわしい表情になって、ジェルメをにらみつけると、

「なによそれ！　あたしに協調性がない？　凡人どもが、あたしについてこれないだけじゃない！」

「ふむ。やはりまるで協調性が……」

「うるさーい！　うるさいうるさーい！　凡人の言葉は聞こえませーん。ああもう怒《おこ》ったわよ！　あたしは馬鹿《ばか》にされるのが一番嫌《きら》いなんだから！　やっぱりあんた、滅殺大爆発《めっさつだいばくはつ》けってー！」

と、両手をぶんぶん振《ふ》って叫びだして……

それに、ペリアが、

「か、会話がまるで続いてない……ほんとに協調性がないんだ……」

「う、うん」

思わず、ライナもうなずいていた。

そんな間にも、ピアは物凄《ものすご》い勢《いきお》いで光の魔方陣《じん》を描《えが》いていき、

「あたしの超《ちよう》特大『稲光《いづち》』を見て、驚け！　いっくわよー！

求めるは雷鳴《らいめい》＞＞＞……」

そう、呪文《じゅもん》を唱えるごとに、魔方陣の中央に、光が集まり始める。

それも、信じられないほど巨大な光。さっき、ジェルメが生み出した、『稲光《いづち》』の光の大きさよりも、何倍も大きい。

そして、ピアが指を一気に前へと突《つ》き出し、

「稲《いづ》……」

が……

呪文の詠唱《えいしょう》は、途中《とちゅう》で止まった。

いや、無理矢理止められてしまった。

いつの間にやらピアの背後《はいご》に現《あらわ》れていたジェルメが、ピアの水色の髪《かみ》の毛をつかんで地面へと押し倒すと、

「どうした？　ほら、早くお得意の増幅《ぞうふく》魔法を、撃ってみなさいよ。でかいの撃って、私を驚かせてよ」

それに、ピアは悔《くや》しげに、

「………うう」

うめく。

しかし、

「うう？　なに、ううって？　そんなのが最後の言葉でいいの？　じゃ、殺すわよ？　いい？」

「くそ……凡人のくせに……」

が、そこでまた、頭を地面に押し付けられ、言葉が止まる。

そしてジェルメが、

「その凡人に、あっさり背後をとられる、あなたはなに？　ムシケラ？　だから勘違《かんちが》いしてるガキは嫌いなのよ。ま、もう殺すから、関係ないけど。あ、それとも、まだもう少し生きてたい？　生きてたいなら、今回は見逃《みのが》してやっても、いいけど……でも、ムシケラごときが、これだけ人間様に立てついたんだから……当然、それなりの謝罪《しゃざい》が必要よねぇ。どう？　ごめんなさいって、言える？　言えるなら、助けてやってもいいわよ？　じゃ、言ってごらんなさい。いまから、顔を少しだけ地面から離《はな》してあげるから、はい」

言って、ピアの顔を地面から少し離した、瞬間《しゅんかん》！

「てめぇ、この年増《としま》女、いいかげん汚い手を……あう!?」

再《ふた》び、地面に顔面から突っ込《こ》む。それで、ピアの鼻から、血が流れだし……

そして、もう一度ジェルメがピアの顔を上げさすと、

「うう……あたしにこんなこと……して、ただですむ……うあ!?」

また、地面に頭をたたきつける。

それからもう一度、髪の毛を引っ張《ぱ》って顔を上げさせると……

「……………う……く……ご……ごめん……なさい……」

もう、ピアは半泣きだった。

鼻からも、口からも血を流しており……

それにジェルメはうなずいて立ち上がると、ピアの髪をつかんだまま、その体をライナたちがいるところまで放《ほう》り投げると……

「はい。これで、試験《テスト》は終わり。あなたたちの実力は、だいたいわかったわ。それに、いまので少しは、状況《じょうきょう》が飲みこめたかしら？　今日からあなたたちの神は、私になったの。言うことを聞けないなら、すぐに殺すわ。そのつもりで。異論《いろん》は？」

と、聞いてきて、もちろん、誰《だれ》も、声を出さない。

それを確認《かくにん》してからジェルメは続ける。

「じゃ、明日からは本格的《ほんかく》に訓練を始めます。今日はよく休んでおくように。ちなみに、あなたたちがいるこの建物はいま、ほとんど貸《か》し切り状態《じょうたい》だから……好きな場所で、好きに休んでもらってかまわないわ。部屋数もけっこうあるし、食堂にもそれなりの食料を用意しているから、自由に使いなさい。これから一年、ここがあなたたちの家であり、訓練場になる。私の言うことを聞いてる限《かぎ》りは、最低限《さいていげん》生かしておいてあげる。でも、もしここから逃《に》げ出そうとすれば、やっぱりすぐに追手がかかって、死ぬことになるから……はい、ここまでになにか、質問《しつもん》は？」

が、それにもライナと、そして、ペリア、ピアは顔を見合わせてから……

無言のまま一斉《いっせい》に首を振《ふ》る。

もう、三人とも、わかっていた。

いま、目の前にいる、この女には、まるでかなわないと。

すると、ジェルメは満足げに大きくうなずき、

「それじゃ、また明日ね」

闘技場《とうぎじょう》を後にする。

その、ジェルメの姿《すがた》が消えてから……

ピアが……

「……う～……これは、とんでもないところに連れてこられちゃったわねぇ……特別士官学校でも無敵《むてき》を誇《ほこ》ったあたしが……油断《ゆだん》したとはいえ、こんなにぼこぼこなんて……あの年増女……ちょっとはやるようね」

そんなことを言って、それに思わずライナが、

「…………油断？」

「なによ！　なんか、文句《もんく》あんの⁉」

「い、いや、ないけど……」

「だいたい、ライナだっけ？　あんたなんか、ほとんど戦わないでぼこぼこにされたくせに、なにあたしに偉《えら》そうにしてるわけ？」

なんていちゃもんをつけられて、ライナは困《こま》った表情《ひょうじょう》で、

「え？　いや、俺《おれ》は偉そうになんて……」

が、そこで言葉を遮《さえぎ》って、ピアが、

「『俺』？　あんた自分のこと『俺』って言うの？　似合《にあ》わなーい。あんたみたいなぼっちゃんぼっちゃんしたナヨナヨ君が俺とか言っても、全然強そうに見えないわよ！」

なんて言われて、

「うう……」

ライナは微妙《びみょう》にショックを受けて、口ごもってしまう。

そこでペリアが、静かな声音《こわね》で、

「まあまあ、ここで僕《ぼく》らが言い争っていても仕方がな……」

しかし、それもピアは遮って、

「うっわ！『僕』って言ったあんた？　なにそれ、なにいい子ちゃんぶってるの？　そんないい子ぶっても、誰もかわいがってくれないわよ？」

「え、いや、僕は別にいい子ぶろうなどとは……」

「あ、また言った！　また僕って言った！　だっさーい」

「………」

そこで、ライナとペリアは顔を見合わせて、

（じゃあ、どう言えばいいんだ⁉）

思わず、心の中で通じ合った。

まあ、それはさておき……

ライナは感心したような表情で、

「でも、みんな強いなぁ」

という言葉もまた遮られて、

「だからあんたが弱いのよ。いったいいままでなにして生きてたわけ？　ここローランドじゃ普通《ふつう》、特殊能力《とくしゅのうりょく》があるってわかったら、すぐに軍に連れ去られて無理矢理《むりやり》訓練受けさせられるでしょう？」

「え？　そうなの？」

思わず声を上げたライナに、今度はペリアが苦笑《くしょう》しながら首を振って、

「それは言い過《す》ぎだよ。特殊能力を持ってたって、見つからなければなにもされないし……逆《ぎゃく》に、僕みたいに、なんの取り得もない人間が、無理矢理実験台にされることもあるし……運だよね。まあ、そうなると僕らは、ここにいるからには全員、運がないってことになっちゃうけど」

それにピアが反応《はんのう》して、

「ああん？　ちょっと、あたしの運を、あんたたちみたいな凡人《ぼんじん》の運と、一緒《いっしょ》にしないでくれる？」

と、つっかかっていく。

それをペリアは困ったような表情で、

「あう、ご、ごめん。ま、まあ、君は別としてさ……でもとにかく、さっきジェルメとかいう女の教官が言ってたから気付いたかもしれないけど……僕はローランド軍に実験台にされて、この力を手に入れた。それからここに送りこまれるまでは、ずっと、この力を使いこなせるようになるための訓練の毎日で……それにピアは……」

そこですかさず、

「ピア様！」

その言葉に、ペリアは少し不満げに、

「…………ピア……様は……さっきの話からすると、特別士官学校で学んだんだよね？」

それに、ここぞとばかりにピアは大きくうなずいて、

「そぉよ！　もう、魔法《まほう》でも体術《たいじゅつ》でも、あたしにかなう奴《やつ》なんて、大人にもいなかったんだから！　なのになに？　あのジェルメとかいう女!?　化物!?　ま、でもあたしぐらいの天才になれば、すぐにあんな年増抜《としまぬ》いてやるけど……それよりライナ、問題はあんたよ！　ちょっとは魔法が使えるみたいだけど、構築《こうちく》スピードが全然ノロマだし、おまけに体術はてんでだめ。あんた、いったい、どこで訓練してきたの？」

その問いに、ライナはさらに困ったような表情で、

「えっと……訓練というか……こないだまで、普通に、村で平和に暮《く》らしてて、で、突然《とつぜん》ここに連れてこられ……」

が、ピアがそこでライナの頭をすごい勢《いきお》いではたいて、

「はいウソ！　そんな奴《やつ》が『稲光《いづち》』を使えるわけないでしょ！」

「それは……」

と、ライナははたかれた頭が思いのほか痛《いた》くて押《お》さえながら、口ごもる。

そこで横からペリアが言う。

「いや、ライナは『複写眼《アルファ・スティグマ》』保持者《ほじしゃ》なんだろう？　確《たし》か『複写眼《アルファ・スティグマ》』保持者は、人が使った魔法を、そのまま自分のものにして、使えるんじゃなかったかな？」

それにピアがライナを驚《おどろ》きの表情《ひょうじょう》で見つめて、

「ええ!?　あんた、『複写眼《アルファ・スティグマ》』保持者なの？　ペリアあんた、なんでそんなこと知ってるのよ？」

「いや、なんでもなにも、さっきジェルメが言ってたじゃないか。聞いてなかったの？」

すると、それにピアはなぜかまた、大きく胸《むね》を張《は》って、

「当たり前じゃない！　あたしは自分のこと以外、まったくもってこれっぽっちも興味《きょうみ》ないんだから！」

言い切った……

もう、気持ちいいくらい言い切って……

それに、ライナとペリアはまた顔をあわせて、

『はぁ……』

同時にため息をつく。

ピアはといえば、そんなのはまったくの無視《むし》で、話を続けるが……

「じゃあ、『稲光《いづち》』も、さっきジェルメが使ったのを見て、使えるようになったわけ？」

それにライナはうなずいて、

「うん。まだ、うまく使えないけどね。魔法を使うのに、あまり慣《な》れてないから」

その言葉に、ピアは顔をしかめて……

「へぇ…………ちなみに、あたしが魔法の練習をはじめてから、初めて魔法が使えるようになるまでの期間、どれくらいだったか知ってる？」

それにライナが首を振って、

「どれくらい？」

「半年よ！　異例《いれい》のスピード！　んもう、超絶《ちようぜつ》天才と呼《よ》ばれて、世界が歓喜《かんき》するほどの速さで魔法を使えるようになったのよ！　それを、あんたは見ただけで、使えるってのっ？」

「う、うん」

そう、うなずいた瞬間《しゅんかん》！

「ざっけんな！」

また、信じられない速さで、今度は拳《こぶし》が飛んできて、

「あう!?」

ライナはそれを顔面に受けて、あっさり吹《ふ》っ飛ぶ。そのまま顔を押さえて、痛みに地面

をのたうち回るが……

しかし、ピアはそんなのはまるで無視で、

「はぁ、あーあ。殴《なぐ》ったらすっきりしたぁ。だから凡人《ぼんじん》って嫌《いや》なのよねぇ。ちょっと自分が有利なところ見つけると、すーぐにいい気になるんだから」

それに、ライナが顔を押さえたまま、

「べ、別に俺は、いい気になんかなって……」

「なによ！　文句《もんく》あんの⁉」

ピアが叫《さけ》んで、にらみつけてきて……

ライナはそれに、負けじとにらみ返し、言ってやった。

「うう……な、ないです……」

すると、ピアは満足げにうなずいて、

「よろしい。んじゃ、あんたたち、これからはよろしくね。わかんないことがあったら、天才のあたしが教えてあげるから、頼《たよ》ってもいいわよ！　さーて、今日はさっさと寝《ね》て、あしたこそはあの年増《としま》女に、ぎゃふんと言わせてやるんだから！」

言いながら、闘技場《とうぎじよう》を去っていく……

それをライナと、ペリアは呆然《ぼうぜん》と眺《なが》めながら……

ライナは小さく言った。

「……こ、こんなところで、一年も過《す》ごすのか……」

それにペリアが、

「………男同士……お互《たが》いがんばろう……」

そう言って、二人はうなずきあった。

とにかくそれが、ライナがジェルメ・クレイスロール訓練施設《しせつ》に入れられた、第一日目のことだった……

◆

翌日《よくじつ》には、本格《ほんかく》的な訓練が始まった。

実力が違《ちが》う三人は、それぞれ別の場所で訓練が行われた。

ピアとペリアは、それぞれ課題が与《あた》えられ、訓練に励《はげ》んでいるらしい。

そしてライナは……

質素《しっそ》な訓練室に呼び出され……

ジェルメが言う。ライナを見つめて、

「えっと、じゃあ、ライナ。三人の中では、あなたが一番能力《のうりょく》が低いのよ。強さの順番から言うと、ピアが最も能力が高くて、次にペリア……そして、大きく力が劣《おと》って、あなた。だから、当面のあなたの一番最初の目標は、ペリアの実力まで追いつくことね」

その言葉に、ライナは顔をしかめ、

「で、でもあの、昨日見た感じじゃ、ペリアって、すごい強いですよ？　俺なんかじゃとても追いつくとは思わないんだけど……俺、いままで戦いの練習なんて、したことないし」

そう言うと、ジェルメは大きくうなずいて、にっこり笑った。

そして……

次の瞬間！

笑顔《えがお》のまま、ライナの顔を、おもいっきり殴りつけてきて……

「ぎゃ!?」

ライナは吹っ飛ぶ。

そのまま、彼はまたも顔を押さえながら、地面をのたうち回って……

「ううう……なんかここんところ、こんなのばっかりだ……」

うめくように言う。

それにジェルメが、

「誰《だれ》があなたの意見を聞いた？　私がペリアに追いつけと言ったら、追いつけばいいのよ。そして次はピア……それがスタート地点。戦いの練習をしたことないから、追いつけないって？　そんなの気にすることないわ。いまから毎日、ペリアの三倍の訓練をすれば、すぐに追いつくから……」

それに、ライナは震《ふる》えた。

「さ、三倍……って、そんなにできるはず……ぎゃあああああ!?」

そのまま、またも吹っ飛ぶライナに、ジェルメが続けてくる。

「とりあえずは、いまみたいな私の攻撃《こうげき》を、かわせるようにならないとね。じゃないと、そのうちほんとに死ぬわよ？」

それに、ライナは今度こそ顔面を押さえて……

「ううう……し、死んだほうが、ましかも……」

小さく呟《つぶや》く。

もう、何度も頭を殴《なぐ》られたせいで、体がふらふらするし、なにもする気が起こらなかった。

しかしそこで、さらにジェルメが拳《こぶし》を振《ふ》り上げて……

それにライナは思わず身構《みがま》える。

すると、なぜかジェルメがにやりと笑って、

「ほら、もう成長した。私の拳に反応《はんのう》できるようになったじゃない。やっぱ、てっとりばやく強くなるには、実戦が一番よねぇ。じゃ、あなたへのカリキュラムを持ってきたから……今日からその通りに生活するように」

そう言って、懐《ふところ》から取り出した紙を渡《わた》され……

それに、ライナは目を向けて……

絶句《ぜっく》した。

渡された紙には、こんなことが書かれていて……

朝五時起床《きしょう》。
すぐにジェルメとの組手——六時間。

午前十一時。

体の休息時間を利用して、魔導書研究《まどうしょ》。ノルマあり——七時間。

午後八時。

その日学んだ魔導書の戦闘《せんとう》訓練も含《ふく》めた、実技《じつぎ》演習――九時間。

合計二十二時間。途中休憩《とちゅうきゅうけい》なし。

残りの二時間は、自由に使ってよい。


などと、ひどくわかりやすいカリキュラム表を見て……

ライナは震えた。

「っていうか……たった二時間で、なにができるんだよ……」

するとジェルメは、

「だから、自由時間だって書いてあるでしょ？　まあ、私は、ご飯食べて、すぐ寝《ね》ることをおすすめするけど……」

「いや、そんな、馬鹿《ばか》な……だいたい、毎日こんな時間割じゃ、あんただって寝る時間ないだろう？　寝なきゃ、死ぬもんね。ってことはやっぱり、じょ、冗談だよね？」

しかしジェルメはそれにあっさり、

「そうね。確かに寝なきゃ死ぬし、美容にも悪いわね。だから当然、たまに私が休むときは、代理の監視官《かんしかん》があなたについて、みっちりしごいてもらうことになってるから、安心し……」

「なにが安心だぁあああああああああああああああああ⁉」

という、ライナの絶望の叫《さけ》びも、やはりジェルメは完全に無視《むし》して、

「はい。じゃ、やっとあなたが安心したところで、いまの時間は午前六時半だから、十一時まで、四時間半の組手ね。じゃ、いまから殴ったり蹴《け》ったり締《し》めたり投げたりするから、ちゃんと頭使って、せいぜい抵抗《ていこう》しなさい。ちょっとでもやる気のない様子が見えたら、殺すから。じゃ、やってみよう！」

と、明るい声音《こわね》で言って、殴りかかってくるジェルメに、

「ひ、ひぃいいいいいいいいい⁉」

ライナの悲鳴が、むなしく響《ひび》き渡ったのだった……

◆

それから四時間半後……

訓練室に、ライナは横たわっていた……

それも血まみれで、ジェルメに腕《うで》の関節と、首を締めつけられて、

「あ……く……うう……あ……」

いま、まさに、今日八度目の失神をしようというところで……

ふいに、ジェルメの腕の力が緩《ゆる》み、

「はい、終了《しゅうりょう》〜！　よく死ななかったわね。初回にしては、優秀《ゆうしゅう》優秀。じゃ、図書室いって、魔導書の研究しなさい。私は、いまからペリアの訓練をしてくるから」

言って、立ち上がる。

だが、ライナは当然、立ち上がることができない。

もう、全身ぼろぼろだった。頭もぼーっとする。この四時間半の間に、頭を殴られ、腹《はら》を蹴り飛ばされ、関節を極《き》められ……

だんだん、攻撃《こうげき》をよけること……よけられないなら、少しでも痛《いた》くないように攻撃をうけることだけしか、考えられなくなっていた。

あとはとにかく、頭がぼけーっとするのみで……

立ち上がることなんて、まるでできな……

が、そこで、

「あら、なになに？　図書室にいかないところを見ると、まだ私と組手を続けたいってこ

とね？　じゃ、いまからもう四時間……」

瞬間《しゅんかん》！

ライナは、飛び起きた。

全身に、意識《いしき》がまるごともっていかれそうなほどの、信じられないほどの激痛《げきつう》が走るが、

「うう……くそ！」

うめくように言って、なんとか踏《ふ》みとどまる。

ここで、意識を失うのは、絶対《ぜったい》にまずいのだ。意識を失っても、すぐに水をかけられ目を覚まさせられて、組手は続くのだ。

それはもう、さっき何度も経験《けいけん》させられていた。

そしてこのまま組手が続いたら、絶対に死ぬ。

それはもう、絶対の絶対の絶対の絶対で……

死なないためには……

「あ、ああ、俺《おれ》ってば、と、図書室に、いかなきゃ……」

ふらつく足取りで、ライナは歩き始める。

それにジェルメが、

「そうそう。勉強しながらでも、体は休めるからね。図書室には、あなた用に、あなたが

限界《げんかい》まで頑張《がんば》れば読めるだけの本を、順に並《なら》べてあるから。だから少しでも手を抜《ぬ》いたら、わかるわよ。そしたら、組手の時間を、あと一時間延《の》ばして、自由時間を一時間にしちゃうから、そのつもりでいてね」

なんて言葉に、ライナはもう、

「…………」

言葉もなかった。

◆

だが、図書室での魔導《まどう》研究の時間は、思いのほか楽だった。

ジェルメが用意した書物は、魔導の基礎《きそ》から、順に難《むずか》しい専門書《せんもんしょ》へと進むように置かれており……

「へぇ……魔法って、こんなふうに、作られてんだ……」

組手で、体はぼろぼろになってるから、机《つくえ》につっぷしたままの姿《すがた》だったが……

読むごとに、ページをめくる速さが速くなる。

彼が育った村では、まるで見たこともないような知識が本の中にはあり……

正直、楽しかった。

どんどん、知識を吸収《きゅうしゅう》していく。

特に、魔法に関する記述《きじゅつ》は、一度読むだけですべてを把握《はあく》し、使えるようになってしまう。

まるでそれは、以前からその魔法を使えたかのように簡単《かんたん》に、自分のものにできてしまう。

それが不思議だった。

まったく見たことのない魔法でも、一度読むと、それは昔から使えたかのような……

自分は、いったい……

とそこで、

「ぎゃあああああああああああああああああ!?」

突然《とつぜん》、隣《となり》の部屋から、悲鳴が聞こえてきて……

それは、ペリアの悲鳴だった。

それにライナは顔をしかめて、

「あう……が、がんばれペリア……」

という言葉が終わらないうちに、また、

「うわああああああああああああああああああ!?」

その悲鳴に、明日の朝の自分の姿を重ねて……

「うう……」

ライナは憂鬱《ゆううつ》な気分で耳を押《お》さえて、本に再《ふたた》び目を落したのだった。

◆

さらにその後……

知識として覚えた魔法の、構築《こうちく》スピードを上げる訓練と、そして、その魔法を、戦闘《せんとう》の中でどう活用するかの訓練……

それに、ジェルメが使う魔法を、『複写眼《アルファ・スティグマ》』で読みとって、さらに新しい魔法を覚える訓練。

その魔法を使いながらの組手と……

そんなこんなで、またもボコボコにされながら一日が終わり……

ライナは倒《たお》れた。

今度こそ、本当に意識を失い、なにもかもが真っ白に、まったく、わからなくなって
……

しかし、すぐに、

「はい、朝よ。組手の時間でーす」

「うそおおおおおおおおおおおおおおおおおおおおおおおおお!?」

昨日、図書室で思った通りの悲鳴をライナは上げていた……

◆

そうこうしているうちに、すぐに一か月もの時が流れ……

◆

その日は、なぜか訓練は休みだった。

ただ、朝五時に起床《きしょう》したら、二時間の自由時間ののち、七時から、最初のあの、闘技場《とうぎじょう》に集まれとの命令だけがくだされており……

ライナが闘技場へいくと、すでに、ジェルメの他《ほか》に、ピアやペリアも集まってきていて。

ピアが眉間《みけん》にしわを寄《よ》せて言う。

「ライナ、おっそーい！　あたしを待たせるなんて、何様のつもり!?」

それにライナは、気だるい、疲《つか》れた声音《こわね》で、

「…………んぁ？　あれ？　俺、遅《おく》れたか？　ま、ンな怒《おこ》んなって……で、ええと
……」

そこで、言葉は止まり……

それにペリアが、少し心配そうな声音で、

「ちょ、ライナ、大丈夫《だいじょうぶ》か？　すごい、疲《つか》れてるみたいだけど……」

「…………へ？　あ、ああ、ごめん。歩きながら寝《ね》てた……いや、なんか、最近
ずっと寝不足でさぁ……」

言いながら、ふらつく足取りで二人の元へやってきて。

それにペリアがさらに、

「最近、すれ違《ちが》うたびに歩きながら寝てるけど……ほ、ほんとに大丈夫？」

するとライナは、完全に脱力《だつりょく》し切った半眼《はんがん》のまま、少しだけ得意げに笑って、

「……ああ、なかなか、考えたろ？　睡眠《すいみん》時間がないなら、移動《いどう》時間に寝ればいいんだよ。

最近じゃ、いつ、どんなときでも寝られるようになってきたような気が……」

とそこで、ジェルメが遮《さえぎ》って言った。

「雑談《ざつだん》は、そこまでにしなさい。今日は、恒例《こうれい》の、試験の日です。さ、準備《じゅんび》して」

その言葉にピアが、

「恒例って、いつから恒例になったのよ！」

「ん？　いまからよ。これから毎月一回、あなたたちの実力をチェックしていくから、そのつもりでね」

それに、ペリアが、

「それは、また前のように、あなたと戦うということですか？」

しかし、それにジェルメは首を振《ふ》って、

「いいえ、私とは、みんな毎日戦ってるでしょう？　そうじゃなくて、今度は総当《そうあた》り戦で、あなたたち三人に戦ってもらうわ」

それにペリアが、

「そんな……」

続いてピアが、

「えー？　いいのそんなことして？　あたしがやったら、こんな凡人《ぼんじん》男子たち、あっという間にけちょんけちょんよ？」

さらにライナは……

「…………………」

こちらは、もう、話にまるで興味《きょうみ》がないようだった。

まあ、それも当然だろう。どうせ総当りで戦ったとしても、この二人に勝てるわけがないのだ。

しかしそれでも、話はどんどん進むが。

ジェルメが続ける。

「ちなみに前回、私が戦ってみた結果の、あなたたちの実力は、ピア、ペリア、ライナの順番だったんだけど、さて、今回は、誰《だれ》が一番強くなってるかしらね？」

するとそれに、ピアは肩《かた》をすくめ、

「っていうか、これってば、やるだけ無駄《むだ》ね。天才のあたしに、こいつらがかなうハズないじゃない」

なんて言葉を完全に無視《むし》して、さらにジェルメは続ける。

「じゃ、さっそく始めましょうか。結局は全員と戦うことになるんだけど……誰か、最初に戦いたい人いる？」

するとペリアは、

「いや、僕《ぼく》は……」

続いてライナが、

「………………」

やはり、興味なさげに、あさってのほうを向いている。

そして最後にピアが、あきれ顔で首を振りながら、

「なになに？　二人とも、そんなに自信がないわけ？　そりゃ、あたしみたいな天才を相手にしたら、怖《お》じ気《け》づくのもわかるけど……それじゃあんまり情《なさ》けないと思わないの？んじゃ、あたしがまずペリアと戦って、それからライナをばばっとやっつけちゃおうかな」

それにジェルメがうなずいて、

「それでいいわ。じゃあ、始めましょう。あ、ちなみに、今回の試合で優勝《ゆうしょう》した人には、ご褒美《ほうび》があるわよ。まず、明日一日、休日を与《あた》えられまーす」

瞬間《しゅんかん》だった。

いままで、開いているのか、閉《と》じてるのかわからなかったライナの瞳《ひとみ》が、カッ！　っと開いて、

「ほ、ほんとに⁉」

大きく叫《さけ》んだ。

それにジェルメは、

「本当に。さらに、順位によって、今後の訓練の自由時間が増減《ぞうげん》します。一番強かった人の自由時間は、七時間。だからライナ、ピアは、ここ一か月、毎日あなたより睡眠を五時間も多くとってたのよ。ちなみにペリアの自由時間は五時間。で、あなたは二時間。どう？　くやしいでしょ？」

なんて言葉に反応《はんのう》したのは、ペリアだった。

「ちょ、ちょっと待って……いまの話からすると、ライナは、自由時間、二時間しかなかったのか？　そ、そんな時間割《わり》で、食事やなんかは、いつとってたの？」

それにライナは、暗い表情《ひょうじょう》で、

「……ええと、組手しながらとか……本読みながらとか……」

「そ、それにしたって、あれだけ厳《きび》しい訓練してて、睡眠時間が、二時間って……ライナが、歩きながら寝《ね》るわけだ……」

ペリアが、今度こそ本当に憐《あわ》れみたっぷりの声で言ってきて……

が、そこでジェルメが、

「あら、ライナに同情したの？　じゃあ、今日あなた、ライナに負けてあげれば？　そうすれば、来月には、あなたが歩きながら寝ることになると思うけど？」

しかしペリアはそれに顔をしかめ、すぐさまライナの肩《かた》をぽんっとたたき、

「……ごめん、ライナ。来月もがんばって……」

「ううう……」

あまりにもろい、男同士の友情に、ライナはうめき声だけで泣いた。

まあ、それはともかく。

ジェルメが言う。

「じゃ、さっそく始めようか。ピア、ペリア、さっさと戦ってー。はい、五、四、三、二、一。やれ」

そんな合図とともに、なんの緊張感《きんちょうかん》もなく、試合は始まって……

「いっくわよー！」

「いきます」

ピアとペリアは、すぐさま、動き出した。

その、二人の動きに、ライナは呆然《ぼうぜん》とした。

二人とも、信じられないほどの速さで動いていた。

この一か月もの間、何十回も死にかける、なんていう、とんでもない特訓を積んだおか

げか、最初に二人の動きを見たときよりも、さらにちゃんと、そのすごさがわかる。

しかも、二人は初めて会ったときよりも、何倍も速く動いていて……

「すごい……」

とても、追いつけない……

そう、思った。

しかしジェルメは、それににやりと笑って、

「追いつけないと、思った？　でも、追いつけなければ、あなたの睡眠《すいみん》時間は、ずっと二時間よ」

「うう……でも、あの二人だって訓練してるわけだし、一か月やそこらで、俺《おれ》が追いつけるはずが」

「なら、いまの睡眠時間のまま、一年間がんばるしか……」

が、そこでライナは顔をしかめて、

「それは絶対《ぜったい》やだっ!!」

「じゃ、今日はどんな手を使ってでも、とりあえずはペリアに勝たなきゃだめね。ほら、あの動きじゃ、ペリアはピアに負けるわよ。あなたの言うとおり、この一か月程度《ていど》じゃ、ピアとペリアの差は、縮《ちぢ》まらなかったみたいね」

その言葉に、再び二人《ふたた》の動きを追う。

目の前では、ピアが構築《こうちく》しようとしている増幅魔法《ぞうふくまほう》の隙《すき》を突《つ》いて、ペリアが懐《ふところ》へ入っていこうとしていて……

そこでピアが、なぜか突然《とつぜん》手をパァンと打ち鳴らし、魔法の構築を止める。そして、にんまり笑って、

「あーら、あっさり罠《わな》にかかるわねぇ。ちなみにいまの魔法は、見せかけだけのウソ魔法。魔法を警戒《けいかい》しながら突っ込《こ》んできたあんたに……あたしの拳《こぶし》が防《ふせ》げるかしら？」

と、信じられないほどの速い拳打《けんだ》が繰《く》り出され、それをペリアは手で受け止めようとしながら、

「あまり馬鹿《ばか》に、するな。こんな緩《ゆる》い拳……」

が！

そこでピアは、その拳もひょいっと引いて、

「これもフェイク！　本命はこっち！」

一気に体を下げ、足払《あしばら》いを放つ。

そこからの動きは、本当に信じられないものだった。

ピアは、足払いを受けて体勢《たいせい》を崩《くず》したペリアの髪《かみ》をつかみ、地面に無理矢理《むりやり》押《お》し倒《たお》すと、

そのまま背中《せなか》に乗る。

そして首の骨《ほね》を折ろうと……

その、直前で、

「それまで！」

ジェルメが言い放った。

それにピアはペリアに馬乗りになったままの姿勢《しせい》で両手を上げて言う。

「えー？　もう終わりー？　よっわーい。だいたい、あたしとペリアが戦うの自体おかしいのよ。凡人《ぼんじん》は天才にかなわないんだって。そうじゃなくたって、男よりも女のほうが優《ゆう》良種《りょうしゅ》なんだし！　ってことは、天才の上に優良種のあたしが、あんたたち凡人の劣等《れっとう》種に、負けるわけがないまくりなのよ！」

それにジェルメもうなずいて、

「まあ、女性《じょせい》のほうが優良種だっていうのは、私も認《みと》めるけどね。でもピア。あんまりいい気になってると、そのうち足下《あしもと》すくわれるわよ？」

という言葉に、ピアは口をとがらせて、

「足下すくわれる？　だぁれによ？　いまのあたしの戦い方、どこかまずかった？」

が、それにジェルメは首を振《ふ》って、

「いいえ、増幅魔法は、魔法を増幅する分、隙が大きいから、多用するなという私の言葉をちゃんと守って、それをフェイントにしてくる、なんてところは……なんか生徒が着実に伸《の》びてるのを感じられて、先生冥利《みょうり》につきるわね」

そんな言葉に、ピアは一瞬《いっしゅん》、驚《おどろ》いたように口をぽかんと開けて、

「え？　って、いま、ほ、褒《ほ》めた？　うっそー？　そんなの……えっと、あの、その……ま、まぁね！　あたしクラスになると、それくらい楽勝っていうか……」

なんて、妙《みょう》に嬉《うれ》しげな表情《ひょうじょう》で言う。

それにジェルメはさらに、

「さらに、『拳を防げるかしら？』なんて言っといて、それもフェイク。かなりいいわよ。あなたは自分に自信がありすぎて、力押しで戦うところがあったから、それはだいぶ改善《かいぜん》されたわね。よろしい、まあ、及第点《きゅうだいてん》。

だけど、ペリアは問題ありね。あなたの『全結界』は、その広い知覚範囲《はんい》を利用して……遠くの間合いから戦うべきなのに、あなたはピアが作った罠にあっさり引っかかって自分から突っ込んでいった。がっかりだわ。落第点。よって自由時間一時間減《へ》らしまーす」

それに、

『なっ⁉』

　ペリアだけでなく、ライナも一緒《いっしょ》に叫《さけ》んだ。

　そのままライナが、

「ちょ、ちょっと待ってよ……じゃ、なに？　戦い方がヘタだと、自由時間、減らされるわけ？」

「あたりまえじゃない。教えたことがちゃんとできないなら、もっと訓練しなきゃいけないでしょ？」

「で、でも、それじゃ、いまの俺の自由時間、二時間より、さらに……」

　それにジェルメはあっさりうなずいて、

「減るわよ」

「嫌《いや》だぁあああああああ⁉」

「まあ、それが嫌なら、せいぜいうまく戦うことよ。別に、勝てとは言ってないわよ。教えたことをちゃんと守って、私の満足いく成果が出てれば、時間減らしたりしないから」

　その言葉に、ライナは頭を抱《かか》えた。

　いま、ジェルメの言った言葉。

『私の教えたことを守って』

という言葉が、頭をめぐり……

教えたこと……教えたことって、なんだっけ？　この一か月、ジェルメに教わったこととは、なんだ？

「…………………」

ライナは考えた。

「…………………………」

眠気《ねむけ》でぼやぼやする頭で、必死に考えた。

「…………………………………うう」

なのに、思い出されるのは、ジェルメに殴《なぐ》られ、蹴《け》られ、首を締《し》められたことだけで……

（お、俺ってば、なんにも教わってない⁉）

今度こそ、ライナは絶望《ぜつぼう》した。

しかし、

「じゃあ、次の試合を始めましょうか。まずはペリアとライナ。始めてー。五、四、三、二、一。やれ」

「だあああああ⁉　だから、待ってって言って……」

が、すでにペリアは動き出しており、視界《しかい》にはいない。

それに、

「う、ウソ……ちょ、どこに……」

とそこで、すぐ真後ろから、

「ライナ、ごめん」

刹那《せつな》、目の前が真っ暗に……


「つ、冷たああああああああああ⁉」

という目の覚まされ方も、もう慣《な》れっこだった……

それにライナはため息をついて、

「また……これか……」

おそらく気絶してたんだろう。気絶するたびに、頭から水をぶっかけられ、無理矢理《むりやり》目を覚まさせられる日々……

とりあえずライナは、わけがわからないまま立ちあがり、くらくらする頭を回しながら、

「で、ジェルメ、あと何時間組手すりゃいいの？　もう、死ぬって……死ぬ死ぬ死ぬ死ぬ……」

が、そこでジェルメ、じゃない、違《ちが》う声が、

「いや、ライナ。組手じゃなくて、試合。ほら、いま、僕《ぼく》が後ろから手刀でライナの首を殴ってさ」

「へ？」

そこでやっと、いまの状況《じょうきょう》を、思い出す。

「ああ、そうか。そうだったね。じゃ、俺は負けたんだな」

するとジェルメが、

「あなた、いくら実力に差があるからって、もう少しがんばってもよかったんじゃない？　ちょっとがっかりしたから、一時間自由時間減《へ》らし……」

それを遮《さえぎ》って、

「ちょ、ちょっと待ったぁあ！　い、一時間？　あの、俺のいまの睡眠《すいみん》時間、二時間なんだぞ？　そ、そこから一時間？」

「そうよ？　なんか文句《もんく》ある？」

「あるわ！　っていうか、まじでそれ、死ぬから」

が、ジェルメは肩《かた》をすくめて、

「でも、あなたいまのままの強さじゃ、どうせそのうち死ぬわよ？　だったら、限界超《げんかいこ》えるくらい特訓しまくって死んだほうが、前向きってものじゃない。さ、ガキのたわごとはそれくらいにして、次の試合いきまーす。ピア、ライナ。戦って。五、四……」

それにライナはあわてて、

「だああああああ!?　もう、戦うの？　えと、あの、ピア！　少し、手加減《てかげん》して!?　俺、次に時間減らされたら、睡眠時間ゼロになるから」

するとピアはうなずいて、

「仕方ないわねぇ。いいわよ。あたしってば優《やさ》しいから、手加減してあげる」

「あ、ありがとう!?　ああもう、なんか、ピアが女神《めがみ》に見えるよ！」

とそこで、

「三、二、一。やれ」

刹那、ピアが満面の笑《え》みを浮《う》かべて視界から消え、ライナの目の前が、あっさり真っ暗に……

「っ、冷たあああああああああああ⁉　って、どういうことだよピア‼」

気絶《きぜつ》から復帰《ふっき》しながらも、ライナはすでにキレていた。

「なぁああんで俺《おれ》が気絶してんだ⁉」

するとピアは肩《かた》をすくめ、

「まあ、なんての？　天才がいくら手加減しても、凡人《ぼんじん》は即死《そくし》なのねぇ」

「あれのどこが手加減だよ‼　いきなりめいっぱい攻撃《こうげき》してきやがって！」

が、そこでジェルメが、

「まあ、そういうわけで、さらに一時間減ら……」

「そしたら俺はいつ寝《ね》るんだよ‼」

「寝なきゃいいじゃない」

「あほかっ‼　ってか、少し、少しだけでも寝かせて……この一か月だけでも生きてたのが奇跡《きせき》だったくらいなんだから。頼《たの》むから、もう少しだけ、優しく……」

しかし、それにジェルメが表情《ひょうじょう》を曇《くも》らせ、

「優しく？　なんで私があなたに優しくする必要があるの？　私が優しくするのは、未来の旦那《だんな》様にだけと、決まってるのよ。他《ほか》の人間なんて、私にとってはみんなムシケラ」

なんてことを言ってきて……

それに、ペリアが小声でライナに、

「ほ、他の人のことムシケラだなんて言う女の人、絶対欲《ほ》しがる男なんていないよね……」

正論《せいろん》だった。

思わずライナも大きくうなずいて、同意してしまいそうなほどの正論だったが……

すぐにペリアがジェルメに蹴《け》り飛ばされ、吹《ふ》っ飛んでいくのを見て、

「うう……」

なんとかうなずくのを踏《ふ》みとどまった。

そこでジェルメが、拳《こぶし》を構《かま》えて、

「で、ライナも、ペリアと同じようなこと考えてるのかしら？　まさか、そんなことないわよねぇ？　こんないい女、そうそういないもんねぇ？　なのに、あの男ときたら、私より弱いくせに、『気の強い女は嫌《きら》いだ』なんて抜《ぬ》かして他の女と逃《に》げやがって、今度会ったら絶対、ぶっ殺してやる！」

とか、いったいなにが起こったのか、途中《とちゅう》からなぜか、どんどん機嫌《きげん》が悪くなっていって……

ライナは震《ふる》えた。

なんかもう、睡眠《すいみん》時間うんぬんの前に、いま、すぐにでも殺されそうな勢《いきお》いで……

ライナは、ぶるぶる震えながら、

「お、俺も、ジェルメほど、あのその、美人で、いい女は、いないと、思うなぁ……」

すると、ジェルメはぱっと顔を輝《かがや》かせて、

「そ、そう思う？」

「う、うん。事情は知らないけど……あの、うんと、俺だったら、絶対ジェルメみたいな女の人と、結婚《けっこん》したいなぁとか、思ったりしたり、して……」

それにジェルメは困《こま》ったような表情になって、

「あら、あなた私のこと、そんなふうに見てたの？」

見てねぇよ!!

と、叫《さけ》べるような状況《じょうきょう》では、とてもなかった。

しかし、そこで奇跡《きせき》が起きる。

ジェルメは少しだけ思案するように天井《てんじょう》を見上げ、

「………でもそうよね。こういう子供《こども》を、私の言うなり………もとい、私好みに育てて、将来《しょうらい》旦那にすれば、それはそれで、楽かも。年の差も、十五くらいだし、なんとかなるでしょ。ってことは、ライナ、あなたも私の旦那候補《こうほ》ではあるわけだ。なら、少しは優《やさ》しくしといてもいいわね。睡眠時間ゼロじゃ、死んじゃうもんね。おっけ、自由時間を、少しだけ増《ふ》やしてあげる」

「ま、まじで⁉　どれくらい？」

それにジェルメはにっこり笑って、

「十五分♪」

「それでも死ぬわぁあああああああああああああああああああ‼」

闘技場《とうぎじょう》に、ライナの悲しい悲鳴が響き渡った。

◆

それからの訓練は、常軌《じょうき》を逸《いっ》していた。

特訓は確《たし》かに辛《つら》い。

異常《いじょう》に辛い。

何度も死にかけるほどの過酷《かこく》な訓練ばかりなのだ。

しかし、そんなことが気にならないほど、眠《ねむ》たかった。

ライナは狂《くる》ったように戦い方を覚え、狂ったように魔法《まほう》を覚え、狂ったように本を読んで……

その間ずっと、

「寝《ね》たい。眠たい。昼寝してみたい。夜寝てみたい。朝も寝てみたい。っていうか寝てみたい。絶対《ぜったい》寝てやる。次は絶対勝って、寝てやる。寝まくる！　まじで！　寝て、寝て、寝て、寝て、寝て、寝て、寝て、寝て、寝て、寝て、寝て、寝て、寝て、寝て、寝死ぬまで、死ぬまで寝続けてやる……」

そんなことを、ずっと唱え続けているうちに……

さらに一か月もの歳月《さいげつ》が流れ……

◆

再《ふた》び、その日は訪《おとず》れた。

試験の日。

ライナは寝ながら、闘技場へ向かった。

目は、完全に閉《と》じている。あまりの疲《つか》れに、全身が脱力《だつりょく》してしまっているため、もう、猫背《ねこぜ》どころのさわぎじゃない。

ふらふらといまいち不確かな足取りで闘技場の扉《とびら》をくぐると、その先には、すでにジェルメ、ピア、ペリアも集まっていて。

ライナを見るなり、ペリアが顔色を変えて、

「な……ちょ、ライナ⁉　大丈夫《だいじょうぶ》なのか？　生きてるか？」

思わずそんな声を上げてしまうほど、ライナの体からは、やる気とか、生気というものが、完全に消え去ってしまっていた。

ライナはそれに寝ぼけているようなうつろな表情《ひょうじょう》で、

「…………ああ～………大丈夫かと聞かれれば、たぶん、ずいぶん前に、ダメだと思う」

「そ、そうだよね……見るからに、もう、限界超《げんかいこ》えてるよね」

ペリアがそう、震《ふる》える声で言い、続いてそれに、こちらは相変わらず元気ばかりがいっぱいなピアが、

「なによ。そんなやる気のかけらもないような顔して。そんなんで、戦えるの？」

するとそれにもライナは、

「……ンなもん、無理に決まってんだろ？　いまはもう、寝る以外のことは、全部ムリムリのム…………むにゃむにゃ……」

とそこで、ピアが、

「って、乙女《おとめ》との会話の途中《とちゅう》で寝るんじゃないわよ！　まったく失礼な奴《やつ》ね!!」

言いながら、ものすごい勢《いきお》いでライナの頭をはたこうとして……

しかし、それをライナは、頭をひょいっと後ろに下げるだけでよけてしまう。

それにピアが、

「な……」

ペリアも目を閉じたまま、すこしだけ眉《まゆ》を上げて、

「ん……」

ただ、ライナは相変わらず、眠そうな、ぼけた表情でふらふらしているが……

そんなライナにピアが、

「って、なにあんたよけてんのよっ!?」

「…………んにゃ？　ああ……よける？　なにが？」

「って、気付いて、ないの？」

「だから、なにがだよ？」

その言葉に、急にピアは嬉《うれ》しそうに笑って、

「そ、そうよね！　あんたごときが、あたしの攻撃《こうげき》を、よけられるはず、ないもんね。偶《ぐう》然《ぜん》よね！　でもライナ、あんた、生意気よ？　偶然にしたって、あたしの手をよけるだなんて」

が、そこまででジェルメが、

「はい、おしゃべりはそこまでー。わかってると思うけど、今日もお待ちかね、恒例《こうれい》の、試験の日でーす」

それにピアが疲れたような顔で首を振《ふ》って、

「誰《だれ》も待ってなんかないわよ。どうせ、天才のあたしが一番強いに決まってるんだから、全然おもしろくない」

しかし、ジェルメは笑って、

「それはどうかしら？　今日のために、ペリアやライナはずいぶん頑張《がんば》ってたようよ？」

という言葉に、ピアはペリアを見て、それから、ただ、立ってるだけなのに、前後左右にふらふら、ふらふらと揺《ゆ》れ続けるライナを見て、あきれたように言った。

「………ペリアはともかく、ライナはあんな状態《じょうたい》で、どうやって戦うっていうのよ？　ほとんど、歩く死人みたいになっちゃってるじゃない」

するとそれにジェルメは、

「う～ん。ちょっと、頑張らせ過《す》ぎちゃったかもねぇ。私も鍛《きた》えてて、ちょっとこれは、ヤバ過ぎるかな～とか、思ったことがこの一か月の間に、三十回くらいあったから……」

瞬間《しゅんかん》、

『毎日じゃん！』

ペリアとピアが思わず同時に突《つ》っ込《こ》むが、ジェルメは肩《かた》をすくめて、

「ま、過ぎたことを悔《く》やんでも仕方ないし、さっさと試験を始めましょう」

と、それだけで流した。

まあ、それもこれも、いまのライナにはもはや、どうでもよかったが……

ジェルメが言う。

「じゃ、とりあえず前と同じで、ピアとペリアから戦《や》っちゃって。はい、五、四、三……」

……

それに、ピアとペリアが、闘技場《とうぎじょう》の真ん中へと飛び出し、前と同じように、身構《みがま》えて
「二、一。やれー」

その掛声《かけごえ》がかかった途端《とたん》！

闘技場の中が、突然《とつぜん》息苦しくなった。

ピアと、ペリアの周りに、一か月前とはあきらかに違《ちが》う、とんでもなく強大な殺気が発生し……

ピアがにやりと笑って、ペリアをにらみ据《す》えると、

「あら、ずいぶんと腕《うで》を上げたみたいじゃない」

それにペリアは顔をしかめて、

「う～ん。僕《ぼく》なりにかなりがんばって、かなり腕を上げたつもりだったんだけど……ピアもすごく強くなってるなぁ。でも、男の子としては、そうそう何度も、女の子に負けるような恥《はじ》はかきたくないからね。今度こそは、もう少しいいところを……」

そこまでで、ペリアは動きだした。信じられないほどの速さで魔方陣《まほうじん》を描《えが》き、

「求めるは焼原〉〉〉・紅蓮《くれない》」

いくつもの炎弾《えんだん》を放つ。

それも、ピアにではなく、ピアの足下《あしもと》へ向けて。それによって闘技場の地面がえぐられ、無数の石と、砂煙《すなけむり》が舞《ま》いあがり、ピアに襲《おそ》いかかる。

その砂煙に巻《ま》きこまれ、ピアは姿《すがた》を消す。

しかしそれでも、余裕《よゆう》の声音《こわね》で、

「なぁに？　あたしが女の子だからって、炎《ほのお》の魔法をわざと外して、手加減《てかげん》でもしてくれてるつも……」

が、そこでペリアは、いつの間にやら、ピアの後方へと周りこんできており、

「残念。あなたを相手に、そこまで紳士《しんし》的には勝てませんよ。石と砂埃《すなぼこり》を舞い上げたのは、石で僕の気配と姿を消すため」

言いながら、砂煙の中へと手を伸ばそうとしながら、

「でも、『全結界』がある僕には、たとえ砂煙があっても、あなたの姿が手に取るように……………」

しかし、言葉はそこまでだった。

砂煙の中から飛び出してきた石が、ペリアの顔面をとらえ、

「ぐわっ⁉」

頭が跳《は》ねあがる。

しかし、さらに次々石が飛び出してきて、肩、胸《むね》、腹《はら》にぶつかって……ペリアは完全に動けなくなる。

とそこで、徐々《じょじょ》に砂煙が晴れてきて……

その中ではにやにやと自信満々の笑《え》みを浮《う》かべたピアが、すでに光の魔方陣を描いてお

り……

「そのザマで、あたしにどう、いいところを見せようっていうのよ？」

「く……」

と、なんとか体勢《たいせい》を立て直し、ペリアは再《ふたた》び動こうとするが……

それにピアが、

「あ、ちなみにあたし、魔法撃《う》つの、ずいぶん前から待ってあげてるけど、どうする？　降参《こうさん》する？」

その言葉に、ペリアは、今度こそがっくりとうなだれてしまった。

それにピアはさらに楽しげな表情《ひょうじょう》になって、

「なによなによ、そんな落ちこんで。男が女に、戦闘で勝とうなんてのがそもそもの間違《まちが》いなんだから、気にすることないわよ。戦闘ってのは、騙《だま》しあいでしょ？　で、ウソがうまいのは、いつだって女って決まってるんだから。だいたい、あたしが、あんたの作戦、全部見破《みやぶ》っちゃってるのに、『炎の魔法をわざと外して、手加減でもしてくれてるつもり？』なんて、引っかかってあげてるフリするだけであっさり騙されて、突っ込んでくるなんて……そんなことじゃ将来《しょうらい》、悪い女にコロっと引っかかっちゃうわよ？」

そんな言葉に、

「うう……」

さらにペリアは落ちこんだ表情でがくりと肩《かた》を落とす。

そんな二人を見ながら、ライナに向かってジェルメが小声で、

「ふむ。で、正直なところ、どう？　一か月前よりは、全然二人の動きが見えるでしょ？」

それにライナはといえば、

「………いや、途中何度か寝《ね》たから、いまいちちゃんと見てな……」

「見てなさいよ！　まったくもう。いまのはかなり勉強になる試合だったのに。でも、ここにくる子たちは、本当に天才ばっかりよねぇ。あのペリアって子の能力《のうりょく》の伸《の》びもすごいけど、さらにあのピアって子は……あれはもう、天性《てんせい》ね。戦闘《せんとう》のために生まれてきたような才能。あの子がやったことが、全部わかった？　あの子、言葉でペリアを騙しながら、さらにペリアの『全結界』を騙すために、煙の中で、石を頭にくらってうずくまるフリとかもしてるのよ。それで、地面にあった石を、『全結界』にバレないように拾ってるの。あの年で、あんな一瞬《いっしゅん》の戦闘の間に二重、三重のウソを張《は》り巡《めぐ》らせて……まあ、まだ私にはバレバレだけど、将来が末恐《おそ》ろ………って、ライナ、聞いてる？」

「聞いてないよ」

寝ぼけ眼《まなこ》で即答《そくとう》するライナに、ジェルメは苦笑《くしょう》して、

「ああそう。聞いてるならいいわ。あなたはペリアよりも経験《けいけん》が足りないんだから、こういうのは全部　吸収《きゅうしゅう》しないと、どんどんおいていかれるわよ」

が、それにライナはやはり疲《つか》れた、死んだような声で、

「ああもう、うるさいなぁ。そんな戦術論《せんじゅつろん》は、本で読んだから大丈夫《だいじょうぶ》だって」

「へ？　本……？　って、今月のノルマに、戦術の本は入れてな……」

しかし、そのジェルメの言葉を遮《さえぎ》って、ライナはピアとペリアのほうへとふらふら歩き出しながら、

「……俺《おれ》だって、もういい加減寝たいんだって。だから、研究のノルマが終わってから、それなりに努力したんだよ。で、寝る。絶対《ぜったい》寝てやる。今日こそは勝って、ピアみたいに、毎日七時間寝てやるんだ」

なんて言葉にジェルメは、

「いや、さすがにまだ、ピアにはまるでかなわないと……まあ、いいけど。やる気があるに越《こ》したことはないから……」

しかし、半眼《はんがん》で、猫背《ねこぜ》で、ふらふらしているライナの体からは、まるでやる気というものが見られなかったが……

ジェルメは言った。

「はぁい。今回も、ピアの勝ちね。でも、ペリアもなかなかがんばったわよ。まあ、まだピアのほうが実力も経験も上だったけど。それも、今後のしごき次第《しだい》で、どうにかなるでしょ。じゃ、さっさと次の試合へいきます。ペリアとライナ。戦ってー。五、四……」

それにライナは半閉《と》じの目でペリアを見つめ、

「じゃ、よろしく」

するとペリアは困《こま》ったような表情で、

「ああ、なんか気乗りしないなぁ。こんなふらふらな相手と戦うなんて……」

とそこで、

「三、二、一。やって」

次の瞬間、ペリアが背後《はいご》から、

「またごめん。ライナ」

手刀を放ってくる。

それを首筋《くびすじ》に受けて、

「あう……」

ライナはまたも意識《いしき》を失い、あっさり倒《たお》れてしまい……

それを見てペリアは顔をしかめ、ジェルメを振《ふ》り返って、言った。

「………ジェルメ。これじゃ、ライナはふらふらで、前より弱くなってませんか？　やはり、もう少し睡眠《すいみん》をとらせたほうがいいと思うんですが……」

しかし、それにジェルメは肩《かた》をすくめて、

「ん？　それじゃ、ライナの睡眠時間を多くする分、あなたの睡眠時間を削《けず》っていいかしら？　それなら、ライナをもう少し、長く寝かせてあげてもいいけど」

それにペリアは、

「え？　そ、それは……」

口ごもる。

しかしそれに、ペリアの背後から突然《とつぜん》、

「まじでごめんな、ペリア。これから毎日、睡眠時間十五分……がんばって」

ライナは、声をかけた。

それにペリアは驚《おどろ》いた表情《ひょうじょう》で、

「え⁉」

振り向く。

そのペリアに、ライナは、地面に気絶した、フリをしたままの格好《かっこう》で、拾っていた地面

の石を見せて、

「ちなみにこの石を、おもいっきり後頭部に投げたら、たぶんペリア、倒れると思うんだ。だから、俺の勝ちだと思うんだけど？　どう？」

それにペリアは、信じられないという表情で、

「え？　え？　えええええ⁉　な、なんで？　だってさっき、確《たし》かに僕の手刀が首に……」

しかしそれにジェルメが、

「ペリア、あなたの攻撃《こうげき》は、読まれてたのよ。だから、ライナは首にあなたの攻撃が当たる瞬間《しゅんかん》、ポイントを少しだけずらして、ダメージを緩和《かんわ》した。で、ライナは気絶するフリをして、攻撃できる機会をうかがったと……」

が、ペリアはまだ納得《なっとく》できないという表情で、

「で、でも、なんで僕が、首に攻撃すると……」

それにライナは肩《かた》をすくめて、

「………いや、ペリアは優《やさ》しいからさ、この間みたいに、俺に痛《いた》みを感じさせないよう、後ろから首に攻撃してくると思って」

さらにジェルメが、

「ま、あなたの動きは全部読まれてたってことね。そういうわけで、あなたの負けよ。よ

って、自由時間十五分に決定ー」

「……う、ウソ……」

と、あまりの絶望《ぜつぼう》に、動けなくなるペリアは無視《むし》して、さらに試験は続く。

「じゃあ、次はピアとライナ、戦ってー」

その言葉に、ライナは身構《みがま》えて……

それにピアがにやりと笑って、

「あら、今回は、前みたいに手加減《てかげん》してとか、言わないの？」

「……言っても、全然手加減してくれないくせに」

ライナが憮然《ぶぜん》と言うと、ピアはあっさり、

「そんなの当たり前でしょう？　だって、あたしってば、天才なのよ？　天才って呼《よ》ばれ続けるには、どうしたらいいか知ってる？　もちろん、生まれながらにして凡人《ぼんじん》より能力《のうりょく》が高いのは当たり前。だけどそれだと、たまーにでてくる秀才《しゅうさい》君にやられちゃうときがあんのよ。そんなの屈辱《くつじょく》でしょ？　自分より下だと思ってた奴《やつ》に抜《ぬ》かれるなんて、絶対、嫌《いや》！　だから、せっかく天才なあたしは、凡人にはできないだけの努力をして、どんな状況《じょうきょう》でも、例えばあきらかに実力が下だとわかってる相手にだって、絶対に手加減しない！」

言って、さらに、嬉《うれ》しそうな笑《え》みを浮《う》かべ、

「ま、そんなわけで、残念だけどライナ。さっきのペリアのときみたいな奇跡《きせき》は起こらないわ。あたしは絶対に油断《ゆだん》しない。凡人がどんな作戦を立ててきたかしらないけど、あきらめたほうがいいわよ」

するとそれにライナは、目を細めて、

「……………なるほどね。やっぱり、ピアはすごいなぁ。そうやって、戦う前から、言葉でこっちの行動を制限《せいげん》してるんだね。小細工は通用しないから、突《つ》っ込《こ》んでこいって挑発《ちょうはつ》して、自分の都合のいいように、相手を動かそうとしてる。でも、動くのめんどいから、その挑発には乗れないよ」

なんて言葉に、今度はピアが憮然とした表情になって、

「………………むむ。って、あんた、そんな眠《ねむ》そうな顔してるくせに、なんかちょっと、やりにくい男になったわね。でも、知識《ちしき》ばっかり増《ふ》えても、結局、実力が上のほうが勝つのよ。っていうか、もういいわ。さっさと始めましょう。この一か月で、あんたがどれだけ強くなったか、見てあげるわ」

「……お手やわらかに頼《たの》むよ……」

そこでジェルメが、

「ふむ。二人とも、なかなか悪くないわよ。じゃ、五、四、三、二、一。やっちゃって」

瞬間、すぐにピアが動いた。

物凄《ものすご》い勢《いきお》いでライナのほうへ迫《せま》ってきて、

「さあ、この一か月で、あんたにこれが、受け止められるようになってんの？」

一直線に拳《こぶし》を打ち出してくる。

それをライナは、

「よっと」

ピアとは対照的な、ゆったりとした円の動きで、からめとるようにその拳を受けとめようとする。

しかしピアは、それにすぐさま反応《はんのう》して、拳を止め、逆《ぎゃく》にライナの腕《うで》をとろうとして
……

さらにそれを、

「じゃ、こっちで」

ライナが逆の手で押《お》さえようとしたところで、

「じゃ、あたしも」

今度はピアも逆の手で、そのライナの手を押さえにかかろうという、素振《そぶ》りを見せた、

刹那《せつな》！

「なんちゃってー」

ピアは、ライナの腕をとらずに、そのまま拳の軌道《きどう》を変える。そして、一歩、大きく踏《ふ》み出し、跳《は》ね上げてくる。

腕の取り合いに意識がいってしまっていたライナに、その拳がよけられるはずもなく……

「やば……って、ぐあっ⁉」

一気に、体ごと弾《はじ》かれてしまう。しかしそのまま、ライナは逃《に》げるように一度大きくピアから離《はな》れて……

「あ痛《いて》ててててて……くっそ〜」

それにピアが楽しげな声音《こわね》で、

「あっらー？　脳《のう》、揺《ゆ》れちゃった？　下半身の動きが、少し鈍《にぶ》くなってるわよ？」

その言葉にライナは、

「ううむ。まいったな、体術《たいじゅつ》じゃやっぱりまだ、ピアにはかなわないや……」

がくがくと揺れる足を押さえながら言う。

それにピアは当然とばかりに、

「なにあたりまえのこと言ってるの？　いま程度《ていど》の動きの速さじゃ、まだペリアにも勝てないわよ？　そんなあんたが、あたしに勝てるわけ、ないじゃないの」

「だよねぇ。でも、魔法戦《まほうせん》なら、ちょっとは自信があったんだけどなぁ。くやしいなぁ」

その言葉に、ピアの眉《まゆ》が、ぴくんっと動く。

そして、

「魔法……戦？　じゃあなに？　あんた、魔法なら、このあたしに勝てるとでも、言いたいわけ？」

それにライナはあっさりうなずき、

「だって、ピアの増幅《ぞうふく》魔法は、構築《こうちく》が遅《おそ》いからね。俺でも、追いつくよ」

すると、さらにピアは表情《ひょうじょう》がけわしくなって、

「へぇ。たかだか一、二か月前から魔法の練習を始めたあんたが、このあたしよりも、速く魔方陣《じん》を描《えが》けるっていうわけ？　いくら増幅魔法の構築には時間がかかるって言っても、そこらの魔導師《まどうし》よりは、遥《はる》かに速いのよ？」

が、ライナは肩《かた》をすくめ、

「でも……」

そして、ピアの目をまっすぐ見つめて、言った。

「俺よりは、遅い」

それで、今度こそピアの表情は、致命《ちめい》的なほど、暗く、険悪《けんあく》なものになった。

「あっそう？　あっそう？　凡人《ぼんじん》が、そんな偉《えら》そうなこと言っちゃうわけ？　じゃ、いいわよ！　あんたの誘《さそ》いに乗ってやろうじゃないの。じゃ、もういくわよ！　でも、増幅魔法で消し飛んでも、同情してやんないんだからね！」

怒鳴《どな》って、魔方陣を描き始める。

それに、ライナは小声で、

「よし、乗ってきた！　ここからが勝負だ。絶対《ぜったい》勝って、七時間、寝《ね》てやるんだ！」

言って、大きく目を見開く。

瞬間《しゅんかん》！

彼の黒い瞳《ひとみ》の中央に、朱《しゅ》の五方星《ごぼうせい》が浮《う》き上がり……

それが、ピアの、まだ書き始めたばかりの光の魔方陣から……

全《すべ》てを、読み取る。

全て。

なんの魔法なのか？

どれくらいの速さで完成するのか？

その魔法の仕組み、構築方法、威力《いりょく》。

文字通り、全てを読み取り……

そしてライナは、その魔法を無効化《キャンセル》する、それも、その魔法よりも、短い時間で構築できる魔法を選び……

その光の魔方陣を、物凄《ものすご》い速さで描き始め……

ピアが呪文《じゅもん》を詠唱《えいしょう》する。

「求めるは雷鳴《らいめい》……」

ライナも呪文を詠唱する。

「求めるは水雲……」

そして二人はまったく同時に、

「稲光《いづち》!!」

「崩雨《みすみ》!!」

言い放った。

刹那《せつな》、ピアの魔方陣からは、信じられないほど強大な雷《いかずち》がほとばしり、そしてライナの魔方陣からは、圧縮《あっしゅく》された液体《えきたい》が、爆発《ばくはつ》するように激流《げきりゅう》となって放たれる。

そして二つの力は激突《げきとつ》しようとして……

しかし、この魔法での勝負は、ライナが勝つのは、間違《まちが》いなかった。

電気を流しやすい水は、『稲光《いづち》』の力を吸収《きゅうしゅう》し、拡散《かくさん》して無効化《キャンセル》してしまい、そのまま激流は、ピアへと向かって突《つ》き進むはずなのだ。

当然そこで、ピアはその激流をよけなければならなくなる。

勝機は、そこにあるはずだった。

相手の魔法を無効化《キャンセル》した瞬間に……

そのための布石《ふせき》も、すでに最初に、打ってある。

だからこそ、ライナはすぐさま動き始めた。

『崩雨《みすみ》』の影《かげ》に身を隠《かく》し、一気にピアとの距離《きょり》を詰《つ》める。

とそこで、『稲光《いづち》』と、『崩雨《みすみ》』が激突し……

ピアが勝ち誇《ほこ》った声音《こわね》で、

「甘《あま》いわねライナ！　確《たし》かに教科書には『稲光《いづち》』の無効化《キャンセル》呪文は『崩雨《みすみ》』って書いてるけど、あたしのは……」

そこまで言ったところで、それは起こった。

ライナの目の前。

ピアへと襲《おそ》いかかろうとしていた液体が、突如《とつじょ》、消えてしまったのだ。

それに思わずライナは、

「へ？」

なんていう、間抜《まぬ》けな声を上げてしまった。

そこでは、本当に信じられないことが起こっていた。

ピアの、爆発的に増幅《ぞうふく》された『稲光《いづち》』が、ライナの放った『崩雨《みすみ》』を、圧倒的《あっとう》な熱量で蒸発《じょうはつ》させてしまい、二つの魔法《まほう》は、両方とも無効化《キャンセル》されてしまって……

当然そうなれば、『崩雨《みすみ》』の影に隠れて、ピアへ襲いかかろうとしていたライナの姿《すがた》は、丸見えになってしまい……

今度はそれを見て、ピアが、

「って、へ？　ちょ、ウソ⁉　なに殴《なぐ》りかかってきて……って、いまの魔法、囮《おとり》……？」

そこまでで、ライナの拳《こぶし》が振《ふ》り下ろされる。

ピアはそれを、すんでのところで受けとめて、一気に関節を極《き》めようとしてきて……

しかし、それをライナは、

「さ、させるか⁉」

反対の腕《うで》で阻止《そし》しようとして、ピアもあわてて、それを防《ふせ》ぎながら、何度も、何度も、腕の関節を極めるための攻防《こうぼう》戦が繰《く》り広げられる。

ピアにも、さっきほどの余裕《よゆう》は、まるでなさそうで、

「って、ちょ、あ……くそ、さっきより動きが速……あんた！　最初、自分の実力をごまかすために、手、抜いてたでしょ⁉」

しかし、当然ライナには、もっと余裕がなかった。

「だああ⁉　うわ……あわわ、もう！　せっかく最初、危険《きけん》をおかして実力隠したのに、不意をつけなきゃ…………意味がなぁああって……卑怯《ひきょう》だぞピア！　『崩雨《みすみ》』が……蒸発するなんて、本にそんなこと書いてなか……あわわわ……くっそー。ここで決められなきゃ、勝てないのにいいいいい⁉」

言いながら、さらに二人の攻防は激《はげ》しくなってきて、蹴《け》りも、頭突きも飛び出しながら
……

しかし、動きが速くなればなるほど、少しずつ、差が出始める。

ピアが、真剣《しんけん》な表情《ひょうじょう》のまま、少しだけ笑《え》みを浮《う》かべて、

「よ！　てい！　ほっ！　よし！　うん。いける。ふふふ、やっぱり勝てないわよライナ。だんだん、あんたの動きのくせ、わかってきちゃった。動きも、ペリアより、ちょっと速い程度《ていど》だし……こうきて、こうでしょ？　こう、こうして…………とりゃ！」

そこで、ライナはあっさり右腕をつかまれ、そのままぐるりとひねられて。

ライナは、それをなんとか抜けようとするが……

「あう………くそ！　抜けな……だめか。あ……ちょ、ちょっと待って。あああもう、負けたぁ!!　くっそーって……あ、あの、痛《いた》くする前に、放してよ？　認《みと》めるから。もうこっち作戦切れ。やぁめた」

あっさりあきらめて、脱力《だつりょく》してしまい……

そこでピアは、にっこり笑った。

ライナの腕を放しながら、

「ま、まあね。ほらね、やっぱりあたしが勝った。でも、たった一か月でこんだけ伸《の》びるなんて、たいしたもんよ。まあ、今回は天才が相手だったから仕方ないと思って、せいぜい無駄《むだ》な努力しなさ………………って、あんた、なにしてるの？」

しかし、ライナはピアの手が離《はな》れる前に、ぎゅっと、彼女の手を握《にぎ》って。

それはもう、力強く握って……

そんなライナの突然の行動に、ピアは、うろたえた表情で、

「って、ちょ、ちょっと、なに？　まさか、あたしに惚《ほ》れたとか、そういう話が展開《てんかい》しちゃったりするわけ？　ま、まあ、あたしくらいの美貌《びぼう》なら、あんたみたいな凡人《ぼんじん》の一人や二人がコロっといくのも無理ない……けど……」

しかし、その言葉の途中《とちゅう》で、ライナはそのままその手をひねる。そして、一気にピアの関節を極めて、

「って、へ？　なに？　って、痛⁉　いたたたたた⁉　ちょ、なんなの？　あんた、いったいなにしてん……」

が、そこでライナはジェルメのほうを向いて……

すると、ジェルメはうなずいて、

「はい、そこまで。ライナの勝ち、ピアの負けー」

それにライナはピアの腕を離し、

「やったあああああああああ‼　勝ったあああああああ⁉　これで寝《ね》れる⁉　七時間‼　七時間だあああああああああ！」

なんてことを叫《さけ》びながら、狂気乱舞《きょうきらんぶ》して闘技場《とうぎじょう》の中をはねまわる。

当然、それとは対照的に、ピアはわけがわからないという表情で、

「な、な、なんなのよそれ⁉　ちょっとジェルメ！　こんな卑怯《ひきょう》なの、アリなはずないでしょ‼」

が、それにジェルメは肩《かた》をすくめ、

「卑怯？　なにが卑怯なの？」

「なにがって、なにもかもよ!!　さっきライナ、負けを認めたじゃない！　なのに、いまみたいな卑怯なことが許《ゆる》されるはずが……」

しかし、ジェルメは厳《きび》しい表情になって、

「なら、あなたは今後、秀才《しゅうさい》には負けないけど、卑怯者には負ける可能性《かのうせい》があるってことね。それを学べて、よかったじゃない」

その言葉に、ピアは顔をしかめて、

「う……で、でも……」

「でもじゃない！　戦場で、負けたから許してくださいっていう敵兵《てきへい》を逃《に》がしてたら、すぐにその敵兵に殺されるわよ？　それに、あなたもさっき言ってたじゃないの。戦闘は、騙《だま》しあいだって。自分の言ったことには、責任《せきにん》を持ちなさい？　そして、あなたはまんまと騙されて、負けた。どう、文句《もんく》ある？」

それに、さらにピアはもう、これでもかといわんばかりに悔《くや》しそうに顔をしかめ、

「うう……文句……………ない……」

すると、ジェルメは満足げにうなずいて、

「じゃ、それぞれの自由時間を決めます。まずピアは、やはり七時間」

それに、ピアは驚《おどろ》いた表情で、

「え？　でも、あたし、負けたんじゃ……」

「そうね。でも、負けたと言っても、まだ実力では一番だから」

そんな言葉で、ピアの顔は、簡単《かんたん》に明るくなり、

「そ、そうよね！　やっぱり、あたしみたいな天才が、男子どもより能力《のうりょく》が劣《おと》ってるはずないもんね。ジェルメ、なかなかわかってるじゃないの！」

なんて急に元気になる。

続いてジェルメはペリアを見て、

「あなたはさっき言ったように、これからは、毎日十五分の自由時間で一か月過《す》ごしてもらうわ。いいわね？」

それに、ペリアはうなだれたまま、

「はい……」

こくりと小さくうなずく。

そして、最後に。

ライナは、わくわくした表情《ひょうじょう》で、ジェルメを見た。

「お、俺《おれ》は、七時間だよな？　だって、ピアにも、ペリアにも勝ったもんな？」

するとジェルメはそれにうなずき、

「そうね。よくがんばったわね。じゃ、これから一か月間……」

「うん。一か月間……？」

「また、自由時間十五分で、頑張《がんば》って」

それにライナは大きくうなずいて、

「やった！　これでやっと眠《ねむ》れる！　毎日十五分も寝れるなんて…………寝れるなんて…………って…………いま、なんて言った？　ごめん。いまいち聞き取れなかったよ。えっと、俺の自由時間は、七時間だよな？」

するとジェルメはあっさり首を振《ふ》って、

「十五分よ？」

「…………いや、あの、その十五分っていうのは、新しい暗号かなんかで、最近では、七時間って意味だったりは……？」

「しないわ。っていうかね、半月前の話なんだけど、私、まだ付き合いはじめてたった二日目だった彼氏と、喧嘩《けんか》になっちゃったのよ」

「っておいおい、ちょっと、いきなりなんの話が始まるんだ？」

しかし、ジェルメはそんなライナの言葉を、まったく無視《むし》で続ける。

「だってね、彼はこんなことを言うのよ。『君と付き合いたいと言ったけど、でも実は、ずっと昔の彼女が忘《わす》れられないんだ。だけど、君とならもしかしたら、彼女を忘れられるかもしれない』これ、どう思う？」

それにペリアは腕《うで》ぐみして、

「う〜ん。言葉通りじゃないんですか？　すごく好きな人がいて、でもその人を失った。だけど、ジェルメのことを好きになって、やっと、忘れられるかもしれない……とか」

が、そこでピアが、

「なに言ってんのよペリア！　ガキはやっぱりだめねぇ。ジェルメ、騙されちゃだめよ！そんなこと言う男は、絶対《ぜったい》やばいって！　さんざん弄《もてあそ》ばれたあげくに、『君のことはすごく好きだ。でも、やっぱり彼女のことが忘れられない。このままじゃ、君を傷《きず》つけ続けることになる。別れよう。君を傷つけたくないんだ』とかなんとか言って、また他《ほか》の女のところにいくのよ。そういう男はね、ほんとは一番自分が傷つきたくないだけなくせに、自分の都合のいいことばっかり言ってくる卑怯者《ひきょうもの》って相場が決まってるんだから！」

それに、ペリアは感心した表情で、

「ふ、深いこというなぁ、ピアは……」

なんて会話に、ライナは、

「……いや、だから、みんな、なんの話で盛《も》り上がっちゃってるの？　俺の自由時間の話はどこに……」

　しかし、やはりそれも完全に無視で、ジェルメが続ける。

「やっぱり、やっぱりそうよね。やっぱり、私間違《まちが》ってなかった。だから、言ってやったのよ。『そんな中途半端《ちゅうとはんぱ》な気持ちで、告白なんかしてくるんじゃねぇ！　男なら正々堂々真正面からぶつかってこい！』ってね。その後の記憶《きおく》は、あまりの悲しみに、いまいちなくて……彼が両手を骨折《こっせつ》して、泣きながら『もう二度と目の前に姿《すがた》を現《あらわ》しませんから、許《ゆる》してください』とかなんとか、言ってたような気がするんだけど……とにかく……」

　そこで、ライナのほうを向いて一つうなずき、

「つまりはそういうことなのよライナ」

「だから意味わかんないから!!」

　それにジェルメは、

「もう、鈍《にぶ》い子ねぇ。だから、ピアに勝つ方法が卑怯で、おまけにピアの手を握《にぎ》るときに、その握り方が、あんまりにもあの男に似《に》てて、なんか、すごくむかついたってことよ」

なんて言葉に、ライナはもう、頭がくらくらするようだった。

　そのまま、震《ふる》える声音《こわね》で、

「じゃ、じゃあまさか、たったそれだけの理由で、俺の自由時間は……」

しかし、

「たった⁉　いま、私の悲劇《ひげき》をたったって言った⁉　はい、ライナ五分げんてーん。これからあなたの自由時間、十分ね」

「な、ちょっと待っ⁉　十分ってありえな……」

「じゃ、五分でもいい……」

「よくねえええええええええええええええええええええええええええええええ⁉」

そうして、今日もいつもどおりのライナの悲鳴が、闘技場《とうぎじょう》に響《ひび》いたのだった……

◆

ちなみに、一か月後。

死《し》に物狂《ものぐる》いでがんばったペリアが、圧倒的《あっとうてき》強さで優勝《ゆうしょう》して、

「やった、僕はついにやったんだ⁉」

などと叫んだり……

ピアがライナの肩《かた》の関節を極《き》めて、

「どう？　降参《こうさん》する？」

「する‼　するから⁉　だ、だから、あ痛《いた》……いた、いたたたたたたたたた⁉　ああもう

降参するから、痛くしないで！」

が、それに、ピアはにやにや笑って、

「えー？　でも、それもウソなんじゃないのー？　やっぱだめー。こないだみたいに騙《だま》されたくないしぃ……卑怯な男に騙される女になりたくないしぃ」

「って、これ以上は、無理だから、たんま！　まじ、ちょっと待って、あの、まじあやまるから無理、無……あ……」

しかし、

「えい♡」

瞬間《しゅんかん》、ライナの肩の関節がこきゅっと外れて、

「ぐぎゃああああああああああああああああああああ!?」

と、恒例《こうれい》の悲鳴が上がったりと。

毎日を、楽しげ（？）に、過《す》ごしていて……

◆

ここでは、心の底から笑えた。

日々が辛《つら》くて、でも、不思議とそれを、辛いとは感じなかった。

ジェルメが失恋しては、ストレス解消《かいしょう》にいじめられて、ピアが傲慢炸裂《ごうまんさくれつ》にわがまま放題で、それにライナと、ペリアはため息をつきながらも付き合って。

毎日、けなしあって、殴《なぐ》り合って。それでも、仲はよかったと思う。


そしてライナは、忘《わす》れ始める。

天才たちに囲まれ、忘れ始める。

化物たちに囲まれ、自分が化物だということを忘れ始める。

自分たちのことを天才と呼んで……

自分が……

自分が人とは違う、化物だということから、目をそらしているということを、忘れ始める。

なぜなら、ここでは普通《ふつう》でいられたから。


でも……

いつまでも平凡《へいぼん》な幸せは、続かない。

いくら望んでも、いくら願っても、まったく同じ、平凡な日常《にちじょう》なんて、ありえない。

だけど、だけどそれでもいまだけは……

悩《なや》むことがない。
恐怖《きょうふ》することがない。
死ぬことがない。
完璧《かんぺき》な、戦闘マシーン。

そして、死と、災厄《さいやく》を撒《ま》き散らす最悪の化物。

これは、ライナが暗闇《くらやみ》の中……
そう呼ばれるようになる、ほんの少しだけ、前の話だ。

（天才は眠れない：おわり）

あとがき

というわけで、出ました！

とりあえず伝勇伝3『暴力のファーストコンタクト』

いやぁ、本当に出ましたね！

びっくりです！

だってこれ、全然スケジュール的に時間がないのに、書き下ろし短編はいままでで一番多い、原稿用紙で一一五枚くらい書かれちゃってるんですよ！

それもライナの過去話。

例の謎《なぞ》とスキャンダルが解《と》き明かされる内容。

案《あん》の定締《じょうし》め切りに間に合わず、またも担当さんや、編集部のみなさん、その他たくさんの人に迷惑《めいわく》をかけてしまって。

でも、読者のみなさんに喜んでもらえるようがんばったつもりです。

短編とあわせて、楽しんでもらえたら嬉《うれ》しいです。

でも、やっぱり最近、忙《いそが》しいなぁ。

だってこれってば、実はもう、気がつけば今年で六冊目の作品なんですよね。

それにもびっくり。

いつのまにそんなに書いたんだろ？

そりゃもう、あまりの忙しさに、さっき死にかけました。

事件はベッドルームで起きました。

原稿書いてて徹夜《てつや》して、あんまりにも煮詰《につ》まってきたので、とりあえず目先を変えるためにベッドに掃除機《そうじき》かけながら、

「はっはっは！　これでハウスダストもダニも一網打尽《いちもうだじん》だな！」

と、なんか徹夜のせいで妙《みょう》にハイテンションになっていたのも束《つか》の間《ま》。どんどん眠くなってきて、そのままベッドに倒《たお》れ込んで寝てしまいました。

一気に爆睡《ばくすい》。

それから数時間後に、担当さんから電話がかかってきて、

「は!?　起きなきゃ！」

と、飛び起きたのはいいのですが、寝ぼけて体はふらふらで、掃除機につまずいて派手《はで》

にこけて腰《こし》を打ち付け、

「痛っ……」

と、うめく間もなく、今度は、僕《ぼく》の身長と同じ大きさ、百八十センチもある大きな姿見《かがみ》が、下半身へ向けて倒れてきて……

「うっそ⁉ や、やっばいってちょっと待……⁉」

あわてて手を伸《の》ばそうと考えましたが、位置的に届《とど》きません。

でも間違《まち》いなく、鏡が割れれば、ガラスの破片は僕の顔やら腕《うで》やらに飛び散ってくるわけで。

そしたら次のドラゴンマガジンに載《の》る原稿も、年末のサイン会も、すべてできなくなって、みんなに迷惑かけちゃうわけで……

「くっそ――――⁉ 負っけるかぁああああああ！」

僕は、必死に止めました。

無我夢中で止めました。

ここ数年で、一番必死だったかもしれません（笑）。

右足で姿見を支《ささ》え、でもそれでも倒れていくので、今度は左足で姿見の裏側の一番したの部分を押さえ込んで……

それで、やっと止めることができました。

そんな、ちょっと死ぬ思いをしてから、ふらふらと電話へといき、担当さんに電話をかけたら、

「『とりあえず』の三巻あとがき、書いて送ってー！　それも、すぐに！」

という依頼《いらい》で。

そこで、僕が最初に心に思ったこと。

『ああ、あとがきに書くネタができて、よかった……』

よくねぇって!!

……………やっぱり最近、忙しすぎるのかなぁ（泣笑）。


とまあ、そんな話題はさておき。

ファンレターの話題。みんな、応援《おうえん》ありがとう！　でもってその中に、

『鏡先生はペットとか飼《か》ってますか？　飼ってないですよね。そんな感じじゃないですもんね』

というお手紙があって。

え？　え？　いったい僕ってば、どんな感じに見られてんの!?

なんかちょっと、不安だけど……（笑）

ちなみにペットは飼ってます。

『ぷりん』という名前のフェレット（男の子）と、『たんぽぽ』という名前のトイ・プードル（こちらは女の子）です。

『ぷりん』は無駄《むだ》に飛び跳《は》ねて、自分の命をかえりみないアクションをしようとする冒険《ぼうけん》大好き君でハラハラさせられるし、『たんぽぽ』はイヌのくせにクマのぬいぐるみみたいな見た目で、見たことがないほど甘えっ子で、どんなおもちゃにもまったく興味《きょうみ》がなく、膝《ひざ》に乗って甘えることだけに命を賭《か》けてます。

どっちもかわいいです。

ってまあ、ペット紹介《しょうかい》はどうでもいいんだけど、とにかくペットは飼ってますよー！

さらに、

『イヌ派ですか？　ネコ派ですか？』

の質問について。

どっちも好きですよ！　飼ったらみんなかわいいし。やっぱり動物をなでてると、気分はなごみますよね！

ただ忙しくなってくると、相手してやれなくなるのがかわいそうだけど。

みんなも自慢《じまん》のペットとかいたら、写真撮って見せてね！

とこのへんで、伝勇伝の話に戻ります。

なにやら最近思ったのは、短編集のあとがきって、他の作家さんは、各話の解説とかしてる方が多いみたいで。

ここで僕から質問。

みんなはそういうの読みたい？　もし読みたい！　っていうお手紙がたくさんきたら、次回からは書くけど、別にいつもの近況《きんきょう》でいいよ！　っていうなら、近況でいきます！

ただ、伝勇伝は短編集がでるのが、ドラゴンマガジンに掲載《けいさい》されてから、けっこう間があくから、昔なに考えて書いてたかとかは忘《わす》れたりしたりしなかったり……

えー、あーと、そ、そんなわけで次回にお会いするのは……（逃げんのかよ！）

来年すぐですね。

どんどん盛り上がって、大変なことになってきてる、エル・ウィンの九巻です。

あ、あと、ファンレターを送ってくれたみなさんには、僕からの年賀状が届きます。

が、元旦《がんたん》には届かないかもしれないけど、気長に待っててね!!

でも、実は僕はすっごい筆不精《ふでぶしょう》で、作家になってみんなに年賀状を送り始めるまでは、年賀状とかってあんまり送ったことがなくて、住所の入力とか間違ったりするんだよね。

なんか、違う子のところに、違う名前で届いたりしたこともあるらしくて……

だからそんなときは、これ違ぇよ！　とか、お手紙をくれれば直すので、あの、よろしくお願いします。


ではでは今回はこのへんで。

みなさん、よいお年を。

そして、来年も、さらにこれからもずっとずっと、よろしくね！

鏡　貴也

初出

でんじゃらす・ないと	月刊ドラゴンマガジン2002年8月号
ぷりてぃ・がーる	月刊ドラゴンマガジン2002年9月号
しんじけーと・うぉーず	月刊ドラゴンマガジン2002年10月号
すとれい・きゃっと	月刊ドラゴンマガジン2002年11月号
おん・ざ・ぶりっじ	月刊ドラゴンマガジン2003年2月号
さばいばる伝勇伝 天才は眠れない	書き下ろし

富士見ファンタジア文庫

とりあえず伝説《でんせつ》の勇者《ゆうしゃ》の伝説《でんせつ》③
暴力《ぼうりょく》のファーストコンタクト

平成15年12月25日　初版発行

著者——鏡《かがみ》　貴也《たかや》

発行者——小川　洋
発行所——富士見書房
〒102-8144
東京都千代田区富士見1-12-14
電話　営業　03(3238)8531
　　　編集　03(3238)8585
振替　00170-5-86044

印刷所——暁印刷
製本所——コオトブックライン

ISBN4-8291-1576-9 C0193

富士見ファンタジア文庫

伝説の勇者の伝説1

昼寝王国の野望

鏡 貴也

ライナ・リュートはやる気がなかった。

ここローランド帝国王立特殊学院の生徒に求められるのは、戦争の道具としての能力のみ。しかし、万年無気力劣等生のライナが望むのは、のんびりと惰眠をむさぼることだけであった。

　だが、そんな彼の望みはかなえられることはない。彼のその特殊な『瞳』ゆえに……。

　新感覚アンチ・ヒロイック・サーガ開幕！

富士見ファンタジア文庫

武官弁護士エル・ウィン

鏡 貴也

私はミア・ラルカイル。十六歳の可憐な美少女。そのうえある王国の元王女様なのに、強盗やんなきゃ生きてけないなんて……。

なんて思いつつ、金をとろうとしていた私の前にのんきに新聞を読んでる青年一人。武官弁護士を名乗るそいつは一体何者!?

第十二回ファンタジア長編小説大賞準入選作。新世紀をリードするロマンティック・ハリケーン・ファンタジー!